AF222681

Die Reise zur Göttin

Demeter als göttliche Gestalt im Wandel der Zeit

Christine Icken

Die Reise zur Göttin

Demeter als göttliche Gestalt im Wandel der Zeit

Bibliografische Information der Deutschen Bibliothek:
Die Deutsche Bibliothek verzeichnet diese Publikation in der Deutschen Nationalbibliothek; detaillierte Daten sind im Internet über <http://dnb.ddb.de> abrufbar.

© 2008 Christine Icken (1. Auflage 2004)
Herstellung und Verlag: BoD - Books on Demand, Norderstedt
Nachdruck, Verbreitung und Vervielfältigung nur mit ausdrücklicher und schriftlicher Genehmigung des Autors
Titelbild: Annelie Mundt
Umschlaggestaltung, Layout: Tamara Pirschalawa
Lektorat: Tamara Pirschalawa
ISBN: 978-3-833420-85-6

Inhaltsverzeichnis

Einleitung

Demeter ist die Gestalt, die am Wendepunkt von der alten „Großen Göttin" zum heutigen patriarchalen Gott steht. Die spirituelle Macht der „Großen Göttin", wie Maria Gimbutas sie z.B. anhand ihrer vielen Funde in Çatal Hüyük beschreibt, begründete sich auf der Erkenntnis, dass die Frau sowohl weibliches, als auch männliches Leben schenkt. Die Funde stammen aus der Jungsteinzeit, also aus der Zeit vor etwa 8000 Jahren, als wir noch überwiegend als JägerInnen und SammlerInnen lebten. Dann kam der Umbruch zur Sesshaftigkeit und damit zum Ackerbau. Wo vorher der Mond größere Bedeutung hatte, weil er des Nachts Licht spendete und damit die Jagd begünstigte – an der die gesamte Gruppe teilnahm, Männer sowie Frauen – gewann die Sonne zunehmend an Wichtigkeit. Die Mondphasen bestimmten die Lebensweise der Menschen. Bei Vollmond wurde gejagt, bei Neumond geruht. Die Orientierung des Alltagslebens an den Mondphasen stärkte die Position der Frauen, deren Zyklus in eben diesen Abständen auftritt. Dadurch, dass die ganze Gruppe sich dem monatlichen Rhythmus anpasste, der sich auch bei den Frauen zeigte, erfuhren sie Stärkung und Bestätigung von allen. In dieser Zeit ohne Strom und künstliche Lichtquellen begannen Frauen, die in Gruppen lebten, bald gleichzeitig zu menstruieren. So gab es für sie einen natürlichen Rückhalt in der damaligen Gesellschaft. Für den Ackerbau spielten jedoch Aussaatzeit, Wachstums- und Erntezeit wichtigere Rollen als die Lichtverhältnisse für die Jagd. Sommer- und Wintersonnenwende, und vor allem die Tag- und Nachtgleiche im Frühjahr und Herbst, bildeten Eckpunkte im nun vorherrschenden Jahreszyklus. Die Dauer der täglichen Sonneneinstrahlung, Wärme und Regen beeinflussten die Ernte. Die zuvor bestehende Bestätigung der Frauen in ihren natürlichen Zyklen fiel allmählich weg.

Die Männer traten immer stärker in den Vordergrund, wie auch im griechischen Götterhimmel. Dort herrschten weibliche und männliche Gottgestalten. Mit der Zeit setzte sich jedoch Zeus immer stärker durch, und alle weiblichen Figuren wurden nur noch in Relation zu Zeus definiert: Hera, Gattin des Zeus, Demeter, Schwester des Zeus etc. Demeter als Göttin der Früchte, die der Boden hervorbringt, steht für den Umbruch vom Jagen und Sammeln zum Ackerbau. Sie war jedoch nicht nur die Göttin der Feldfrüchte, sondern auch die des Städtebaus, des geregelten Staatslebens, der Gerichtsbarkeit und des Ehelebens. Kurzum, sie war für die Dinge zuständig, die Menschen, die in Sesshaftigkeit leben, benötigen. Über annähernd 2000 Jahre feierten die Menschen im griechischen Raum Fruchtbarkeitsfeste zu Ehren von Demeter. Diese Feste markierten das bäuerliche Jahr mit Hauptfesten zur Aussaat- und Erntezeit. In der Frühzeit hießen sie „Thesmophorien", später entwickelten sich daraus die „Eleusinischen Mysterien". Dieser Kult wurde zum größten Fest im gesamten panhellenistischen Raum. Zuletzt reisten sogar römische Kaiser an, um an den Weihen teilzunehmen und Initiationsriten zu vollziehen. Es gab Prozessionen, Tanz und Gesang, Fasten und Beten, neun Tage lang, jedes Jahr. Den Mittelpunkt der Feierlichkeiten bildete die Geschichte der Demeter und Persephone, ihrer Tochter. Diese Geschichte wurde szenisch dargestellt, die Griechen waren berühmt für ihre Theaterkultur. Der Kult mit einer zentralen Mutter-Tochter-Beziehung wurde im Jahr 450 von den Goten endgültig zerschlagen. Mit dem Christentum kam eine neue religiöse Richtung auf, in der eine Vater-Sohn-Beziehung vorherrscht. Hier gibt es kaum noch weibliche Gestalten. Vor allem sind sie nicht mehr als göttlich definiert. Maria, die Gottesmutter, wird im katholischen Glauben im Volksmund zwar so genannt, ist in der Theologie aber nicht göttlich. Bei den Protestanten gibt es noch weniger weibliche Gestalten. Das Fazit lautet leider, dass der weibliche Aspekt im Gottesbegriff verlorengegangen ist. Demeter ist die Gestalt, in der wir ihn noch erahnen können, wenn wir in der Zeit zurückblicken, und er ist noch in verschiedenen Formen in unserer Gesellschaft präsent.

Der Demeter-Mythos entwickelte sich über einen Zeitraum von ungefähr 2000 Jahren (ca. 1500 v.u.Z. – 450). Es gibt unterschiedliche Schwerpunkte in der Legende, auf denen in bestimmten Zeiträumen das Augenmerk lag. Auch gab es den Kult an verschiedenen Orten im gesamten Mittelmeerraum: auf Kreta, auf dem Peloponnes, dem griechischen Festland, einigen griechischen Inseln in der Ägäis, und vor allem in Eleusis.

Die Hauptinhalte bestehen aus der innigen Mutter-Tochter-Beziehung zwischen Demeter und Persephone, der Gesetzmäßigkeit der Jahreszeiten, der Kunst und Verbreitung des Ackerbaus, der Sesshaftigkeit, dem Städtebau, dem gesetzlich geregelten Leben, der Unsterblichkeit durch das Fortleben in der nächsten Tochtergeneration, des Fruchtbarkeitszyklusses von Pflanze, Tier und Mensch, der Wiedergeburt in der nächsten Tochter-, später Kindgeneration, der Großen Göttin, der Heiligen Hochzeit, dem Wunder der Geburt, den Eleusinischen Mysterien und deren spirituellen Inhalten und Festen mit den Themen Tod, Auferstehung, Ekstase.

Es gibt verschiedene Quellen, auf die sich die Forschung stützt: Homer, Herodot, Hesiod, Apollodorus, die Orphischen Hymnen, Plinius, Callimachus, Ovid, Plutarch, Cicero, St. Clement u.a.m.

Die Entstehungsgeschichte des Mythos: Vermutlich beginnt sie in Ägypten. Dort gab es um 2200 v.u.Z. eine Dürre in Folge einer Klimakatastrophe, die das erste ägyptische Großreich zu Fall brachte. In dieser Zeit waren die drei großen Pyramiden von Giseh und die Sphinx entstanden. Um 2000 v.u.Z. trieben die Ägypter – große Getreidebauern – Handel mit Kreta. Herodot fand ägyptischen Einfluss im Demeter-Mythos und legte fest, dass dessen Entstehung in Kreta begann. Von dort „reiste" Demeter auf den Peloponnes und das griechische Festland. Sie brachte den Ackerbau und damit die Sesshaftigkeit und den Städtebau. Darüber hinaus forderte sie die Errichtung von Tempeln für rituelle Opferbräuche und das Ausüben von religiösen/spirituellen Handlungen. In Eleusis schaffte sie das bedeutendste spirituelle Zentrum der Antike. Hierhin reisten über Jahrhunderte Tausende von Menschen der hellenistischen Welt, um an den jährlich im Herbst stattfindenden Eleusinischen Mysterienfesten teilzunehmen. Diese dauerten neun Tage. An 55 Tagen um den Zeitpunkt des Festes herrschte Waffenruhe in dem ansonsten durch ständige Kriege unruhigen Gebiet. Die Blütezeit von Eleusis ging mit der Klassischen Periode Griechenlands einher.

Auch nachdem die Griechen von den Römern besiegt worden waren und diese die griechische Kultur weitgehend übernommen hatten, reisten römische Kaiser und Philosophen nach Eleusis, um an den Mysterien teilzuhaben. Erst im Jahr 450 zerstörte ein christlicher Gotenkönig die Jahrtausende alte Kultstätte.

Der Brauch, die gute Mutter-Tochter-Beziehung zu ehren und zu pflegen, geriet in Vergessenheit. An seine Stelle trat im christlich geprägten Raum die überhöhte Gott-Vater-Sohn-Beziehung.

Dennoch kann frau bis heute den Einfluss dieser großen mythologischen Göttinnenfigur ausmachen: in der Maria im Ährenkleid, vor allem im 14./15. Jahrhundert, heutzutage in der Psychologie, in der biologisch-dynamischen Landwirtschaft, in einem europäischen satellitengestützten Projekt zur Beobachtung der weltweit bebauten Ackerbauflächen, im „Demetrischen Kult" in den USA, in der feministischen Göttinnenforschung u.a.m.

Auch Überschneidungen oder unterschiedliche Sichtweisen in Bezug auf die biblischen Religionen bieten interessante Aspekte.

Autorinnen wie Anne Baring/Jules Cashford, Patricia Monaghan, Jennifer Reif, Barbara Walker, Jean Shinoda Bolen, Layne Redmond, Carola Meier-Seethaler u.a.m. befassten und befassen sich mit Demeter.

1. Kapitel

Wie ich Demeter entdeckte

Im Folgenden werde ich mich auf einige Darstellungen der Demeter-Geschichte beziehen, die sich z.T. auf alte Quellen der antiken Schriftsteller stützen, z.T. wahrscheinlich rekonstruiert wurden. Anfangen möchte ich mit meiner eigenen Version über Demeter, wie ich dazu kam und wohin sie mich führte.

Im Jahr 2000 fand am 1. Juni das „Fest der 2000 Frauen" in Frankfurt statt, initiiert von Dagmar von Garnier, für das ein Kunstwerk entworfen wurde, das „Frauen-Gedenk-Labyrinth" von Agnes Barmettler. Dieses Fest wiederum war inspiriert von einem Kunstwerk, das in den 70er Jahren von Judy Chicago geschaffen worden war, der „Dinner Party". Beide Male geht es um historisch bedeutsame Frauen, denen Kunstwerke gewidmet werden, denen damit gedacht wird und über die nun geforscht und geschrieben wird.

Eine Frauengruppe, der ich angehöre, und die sich seit Jahren regelmäßig einmal monatlich trifft, um einen Tag miteinander zu verbringen, ließ sich von der Idee der Frauendarstellungen inspirieren, wie sie auf dem „Fest der 2000 Frauen" vorgestellt wurde. Seit den 90er Jahren organisieren wir jährlich an einer Bildungsstätte ein Wochenende über Frauenthemen. 2002 fand bereits das zweite Seminar mit dem Thema „Frauendarstellungen" statt, und ich habe dabei Demeter vorgestellt. Es gibt schon einen Gedenkstein für sie im Frauen-Gedenk-Labyrinth, das an späterer Stelle näher beschrieben wird.

Bei der Suche nach Literatur zu dem Thema stellte ich fest, wie interessant diese Göttin ist und wie sehr sie meiner Meinung nach noch heute in unserer westlichen Gesellschaftsform vorhanden ist, wenn es auch nicht direkt ins Auge fallen mag. Das unterscheidet sie von den anderen Göttinnen der griechischen Mythologie, wie Hera, Gaia, Athene usw. Diese kommen auch heute z.T. noch vor, aber in nur sehr begrenztem Umfang, wie z.B. in der Psychologie (Hera, Athene etc.), Astrologie oder in der ökologischen Sparte der Naturwissenschaft (Gaia).

Was mich ganz für Demeter eingenommen hat, ist ihre Tatkraft im Kampf um die Beziehung zu ihrer Tochter, der Unrecht angetan worden war.

Der „Hymnos an Demeter" frei nach Homer erzählt

Demeter steigt vom Olymp herab und mischt sich unter die Menschen, verkleidet als alte Frau, um ihre Tochter Persephone zu suchen. Das Letzte, was sie von ihr gehört hatte, war ein markdurchdringender Schrei, als Hades Persephone gegen ihren Willen raubte und in die Unterwelt entführte.

Hier ist also eine Mutter, die Himmel und Erde in Bewegung setzt, um die Dinge um ihre Tochter wieder ins Lot zu bringen. Und sie kann einiges zuwege bringen. Zeus hatte der Entführung billigend zugestimmt; Persephone sollte Hades, seinem Bruder, eine gute Gattin und Königin der Unterwelt sein. Nun war Persephone aber nicht damit einverstanden, und Demeter lässt dies nicht kalt. Sie mobilisiert all ihre Kraft und Macht. Niemand hilft ihr, neun Tage lang sucht sie vergeblich nach ihrer Tochter. Nur Hekate, die weise alte Mondgöttin, hat auch den Schrei gehört, aber nicht gesehen, wer der Entführer war. Doch sie reist mit Demeter zusammen zu Helios, der nun weiß, dass es Zeus selbst war, der Persephone Hades überlassen hat. Daraufhin bleibt Demeter unter den Menschen und wendet dem Olymp mit seinen Göttern den Rücken zu. Als alte Frau verkleidet kommt sie in Eleusis an. Dort wird sie von den Königstöchtern gefragt, ob sie die Amme ihres kleinen Bruders sein möchte. Als sie – wegen ihrer Tochter nach wie vor bekümmert – am Königshof eintritt, macht Jambe, eine Dienerin des Palastes, Scherze und versucht, Demeter aufzuheitern. Demeter muss lachen, worauf ihr Kummer sich bessert. Am Hofe des Keleos und der Metaneira sorgt Demeter unerkannt für Demophoon, den kleinen Königssohn. Unbemerkt hält sie den Jungen nachts wie ein Holzscheit ins Feuer, um ihn unsterblich zu machen. Als Metaneira sie dabei entdeckt, schreit sie laut auf und verbietet Demeter, Demophoon so zu behandeln. Demeter gibt sich nun als Göttin zu erkennen, Glanz und strahlende Macht strömen von der göttlichen Gestalt aus. Sie fordert, dass das Volk von Eleusis einen Tempel für sie baut und ihr dort huldigt. Dies geschieht, und Triptolemos, Fürst in Eleusis, dem sie die Kunst des Ackerbaus beibringt, trägt diese Kunst in die Welt hinaus.
Immer noch traurig wegen des Leids ihrer Tochter lässt Demeter die Erde veröden und verdorren, die Menschen geraten in Not und hungern. Nun schickt Zeus Demeter Boten, die sie dazu bewegen sollen, die Erde wieder fruchtbar werden zu lassen. Aber sie weist sowohl Iris als auch Hermes ab. Jetzt wird Zeus unruhig, da die Menschen ihm nichts mehr opfern können, die Not wird

immer größer. Demeter kann ihre alte Macht als Große Muttergöttin noch einmal geltend machen. Zeus gibt nach und lässt zu, dass Persephone ein Drittel des Jahres unter der Erde bei Hades bleibt (da sie verhängnisvollerweise vom Granatapfelkern gegessen hatte, den Hades ihr schlauerweise zu kosten gab), aber zwei Drittel des Jahres oben bei Demeter und den anderen Göttern bleiben darf.

Daraufhin fährt Persephone strahlend vor Freude mit Hermes zu Demeter, und Mutter und Tochter fallen sich glücklich wieder in die Arme. Auf Demeters Geheiß fängt das Land an, in üppiger Fülle zu blühen, alle Not ist vorbei. Beide Göttinnen walten von nun an in Eleusis und werden dort verehrt.

Über die Themen Göttin, Frauenbewegung und Spiritualität

Was mir an Demeter gefällt, sind ihre Milde und Ehrwürdigkeit und ihre Macht, das Leben auf der Erde sowohl ersterben, als auch wieder erblühen zu lassen. Sie ist mächtig, aber nicht gewalttätig. Außerdem wird eine positive Mutter-Tochter-Beziehung geschildert. Vielleicht hat sie das überdauern lassen. Wo kann man solch eine gute Beziehung heutzutage finden? Sicherlich dürften sich alle Mütter und auch Töchter glücklich schätzen, wenn sie einander verstehen. Heute mit dem wachsenden Anteil an älteren und alten Menschen wird dies immer wichtiger.

Es gibt aber noch weitere Aspekte dieser Göttin, die interessant sind. Die westliche Herrschaftsform ist die der Demokratie. Ist Demeter hier zu erkennen? Sie war nicht nur die Göttin des Ackerbaus, die Kornmutter, sondern auch die Begründerin fester Wohnsitze, der Erbauung der Städte und eines friedlichen und gesetzlichen Staatslebens. Welch umfassende Bedeutung kam Demeter zu! Sie diente als Vorbild und Beispiel. Früher, in der Antike, hatte frau eine Göttin, der frau huldigte und die die Menschen anhielt, in ihrem Sinne zu wirken. In unseren heutigen demokratischen Staatssystemen sind Demeters Vorstellungen weitestgehend realisiert: Alle zusammen bilden eine Art Familie, in der alle sesshaft sind, Städte existieren ebenso wie ein (mehr oder weniger) friedliches und gesetzlich geregeltes Staatsleben, in dem zumindest versucht wird, für alle zu sorgen. Dies geschieht in Form von Renten-, Kranken-, Arbeitslosen- und Pflegeversicherungen, Bildungssystemen u.v.m. Für mich ist dieses System ein weibliches, das schützt und nährt, und hier kann ich einen Aspekt von Demeter erkennen, wie er sich im Lauf der Zeit entwickelt hat und heute existiert. Das weibliche Prinzip ist aber nicht mehr als solches zu erkennen. Wer würde die gerade beschriebenen Dinge als „weiblich" bezeichnen? Weibliche Bedürfnisse, das weibliche Prinzip, haben indirekt ihren Eingang gefunden, aber die Macht ist den Frauen abhanden gekommen. In der Antike war die Frau in der Göttin personifiziert. Heute gibt es das kaum mehr. Doch sehr viele Frauen suchen wieder danach, und es gibt viele Beispiele dafür. Denn es macht keinen Spaß, immer geführt und geleitet zu werden, und das von Männern bzw. einem absolut männlichen spirituellen System. Die weibliche Energie kommt dabei ins Stocken. Sie fließt beim Handeln, beim Kreativsein. Es hat eine lange Zeit gegeben, die den Männern das Führen und Leiten vorbehalten hat. Die Frauen wurden dabei immer abhängiger, gerieten mehr und mehr in den Hintergrund und wurden immer weniger beachtet. In der Geschichtsschreibung zum Beispiel werden sie kaum hervorgehoben, auch große Frauen, die Bedeutsames geleistet haben, werden kaum erwähnt. Es ist schwierig, dabei motiviert zu bleiben und Kraft zu sammeln, um tätig zu sein. Viele Frauen blieben und bleiben aus diesem Grund auf der Strecke, in therapeutischen Behandlungen, wo sie ihre Energie suchen, die ihnen ein von vorneherein männlich geprägtes System gar nicht zugesteht.

Auf der Suche der Frauen nach sich selbst und ihrem historischen Kontext entstand unter anderem die Matriarchatsforschung, leider unter erschwerten Bedingungen, weil es wenig erhalten gebliebene Funde und Quellen aus der Zeit vor dem Patriarchat gibt. Kreta ist ein schönes Beispiel, die minoische Kultur mit ihrem Palast Knossos, der keine Schutzwälle hatte, was auf eine friedliche Gesellschaftsform hinweist. Es wurden auch in Çatal Hüyük (heute Türkei) Funde gemacht. Marija Gimbutas schreibt darüber ausführlich in „Die Zivilisation der Göttin" und „Die Sprache der Göttin".

Ein wichtiges Thema für das Selbstverständnis der Frauen ist die Genealogie, die Wissenschaft von Ursprung, Folge und Verwandtschaft der Geschlechter. Mir persönlich brachte sie meine Anbindung an meine Großmutter, die früh starb. Ich lernte sie nie persönlich kennen, besitze nur ein Foto von ihr. Es ist das Gefühl, dass ich sozusagen schon in ihrem Bauch war, dass ich von ihr abstamme. Denn als meine Großmutter mit meiner Mutter schwanger war, und sich die Eierstöcke meiner Mutter bildeten, befanden sich bereits die Ei-Follikel in ihnen. Sie haben sich also auch im Bauch meiner Großmutter befunden. Und aus einem dieser Ei-Follikel wurde ich. Das ist wichtig für mich.

Ich sehe mich als Teil der Frauenbewegung, die hier in Deutschland in den 70er Jahren so richtig begann. Kurz bevor ich das Abitur machte, erschien die erste EMMA, herausgegeben von Alice Schwarzer. Simone de Beauvoir wurde von allen gelesen, die ersten Selbsterfahrungsveranstaltungen und -gruppen für Frauen entstanden, Frauenhäuser wurden gegründet. Ich nahm an der „Internationalen interreligiösen Frauentagung für Jüdinnen, Christinnen und Musliminnen" im Hedwig-Dransfeld-Haus in Bendorf bei Koblenz teil. (Diese Tagung fand 20 Jahre lang jedes Jahr statt, 2003 wurden zum ersten Mal die Mittel dafür gestrichen. Im Jahr darauf wurde wieder dazu eingeladen, allerdings wurde die Tagung auf ein Wochenende beschränkt.) Ich verfolgte die Entwicklung der Frauenbewegung durch die ganzen Jahre hindurch, heute bin ich selbst aktiv.

Ansatzpunkt zum Aktivwerden war die Auseinandersetzung mit der Göttin. Zuerst sträubte sich alles in mir gegen das Wort, es galt für mich als absolut heidnisch, abtrünnig, und es war mit gruseligen Gefühlen besetzt. Es kostete mich richtige Überwindung, mich der „Göttin" ernsthaft zu nähern, was im Tanz und in der Musik viel einfacher war als in der Literatur. Aber mit viel Geduld und gutem Zuspruch konnte ich diese Vorurteile abbauen und entdeckte eine neue Dimension der Lebensqualität. Die Energie begann zu fließen, ich konnte es spüren und mit dem Strom mitfließen. Es ist begeisternd.

Durch die Beschäftigung mit den Frauengestalten der Geschichte konnte ich meine eigene Kraft und Verwurzelung entdecken. Es entstand eine Ahnenreihe, nicht nur meine eigene Abstammungslinie, sondern sozusagen die Verwandtschaft im Geiste. Frauen haben Außerordentliches geleistet und werden dafür gewürdigt, ihre Leistungen werden bekannt und frau kann über sie nachlesen und darüber sprechen. Das alles fördert das Selbstwertgefühl, das Selbstbewusstsein und gibt Bestätigung im großen Rahmen. Ich als Frau finde mich nicht nur im familiären Umfeld wieder, sondern auch in der Geschichte und in der Entwicklung der Menschheit, der gesellschaftlichen Kultur und Spiritualität. Hier ist der Kernpunkt der Sache: die Spiritualität. 2000 Jahre lang männlich besetzt, männlich regiert, männliches Gedankengut allenthalben. Wo sind da die weiblichen Gedanken, Konzepte, Erfahrungen? Sie entstehen heute wieder, an allen Ecken und Enden. Es gibt in Deutschland noch keine organisierte gesellschaftliche Struktur für weibliche Spiritualitätsausübung. Wir sind in der Experimentier- und Entwicklungsphase. Es gibt Frauen, die sich vorwagen und eigene Konzepte und Projekte zum Thema Spiritualität entwickeln und leiten.

Bei Ursa Krattiger kann frau es ganz genau erleben, diesen inneren Prozess des Findens der eigenen Spiritualität. Sie beschreibt ihn sehr vollständig und gründlich in ihrem Buch „Die perlmutterne Mönchin". Die Grundzüge scheinen immer wieder dieselben zu sein. Ursa Krattiger ist Schweizerin, Dr.phil und promovierte über das Thema Mündigkeit und Frauen. In dem Buch „Die perlmutterne Mönchin" beschreibt sie ihren eigenen Weg zur weiblichen Spiritualität. Auf diesem Weg kauft sie eine Demeter-Statue, ihr „Demeterlein". Mit der Zeit entdeckt sie, dass dieses „Demeterlein" gar nicht so klein ist – sondern dass es sich dabei um eine sehr große und machtvolle Göttin handelt.

In Kalifornien entstanden von einer Gruppe Studentinnen um die Dozentin Jennifer Reif, die zum Thema „Demeter: Mythen und Mysterien des antiken Eleusis" lehrte, Rituale in Anlehnung an die alten Mysterien in Eleusis. In ihrem Buch „Mysteries of Demeter – Rebirth of the Pagan Way" (auf Deutsch:

„Die Mysterien der Demeter – Wiedergeburt des keltischen Weges", Anmerk. der Autorin) stellt sie einen kompletten Jahreszyklus mit Demeter-Ritualen, Festen, Tempelausstattung und Zelebration des Mythos mit Kostümen und allen Einzelheiten dar. Das Buch enthält auch höchst interessante Beiträge und Forschungsergebnisse zur Demeter-Mythologie und -Geschichte.

Starhawk, oder Miriam Simos, Priesterin in den USA und Öko-Feministin, hat eine eigene spirituelle Gruppe gebildet. Sie belebt die feministische Seite des Wicca-Kultes, die alte keltische Tradition aufs Neue.

In Italien gibt es die Affidamento-Bewegung, die von Mailänder Rechtsanwältinnen ins Leben gerufen wurde.

Wie sieht es in den Kirchen aus? Die katholische Kirche tut sich schwer mit weiblichen Amtsinhaberinnen. Im Reformjudentum und in der protestantischen Kirche gibt es schon lange Rabbinerinnen bzw. Pfarrerinnen und Bischöfinnen.

Seit einigen Jahren lebt eine indische Frau als Guru in Deutschland, Mutter Meera, ein Beispiel für den Hinduismus. Eine Frau, die segnen darf und eine Machtposition im spirituellen Bereich innehat.
Und letzthin hat sich eine Engländerin, die tibetisch-buddhistische Nonne mit dem Namen Tenzin Palmo, zum Ziel gesetzt, so lange als Frau wiedergeboren zu werden, bis sie die Erleuchtung erlangt hat. Sie hat bereits sechs Jahre als einzige Frau unter 100 Mönchen in einem tibetischen Kloster gelebt. In dieser Zeit bekam sie keinen Zugang zu den spirituellen Belehrungen. Die Frauen beten dafür, im nächsten Leben als Mann wiedergeboren zu werden. Erleuchtung gibt es nur für Männer. Nach weiteren zwölf Jahren Eremitinnen-Dasein im Himalaya beschloss Tenzin Palmo, ein Elite-Yogakloster für Nonnen unter ihrer Leitung zu gründen und damit eine als erloschen geltende Tradition wiederzubeleben. Es haben sich schon 25 weibliche Yogis dafür gefunden. Und das, nachdem der jetzige 14. Dalai Lama sagte, dass er nicht mehr als Dalai Lama inkarnieren wird! Ein recht spektakuläres Beispiel, über das frau in Heft 29/2002 des Magazins „Geowissen" lesen kann.

Wie wird in China und Indien mit weiblicher Nachkommenschaft und Mädchen umgegangen? Die Familien in China dürfen nur ein Kind haben. Nach

Medienberichten sind von 5000 abgetriebenen Kindern 4999 Mädchen. In Indien werden weibliche Babys oftmals einfach ausgesetzt und nicht weiter genährt. Die Folge davon ist ein Überhang an Männern von grob geschätzt 100 Millionen, wobei die Zahl eher nach oben als nach unten korrigiert werden muss. Oder andersherum: Es fehlen 100 Millionen Frauen, die nicht geheiratet werden können. Was werden diese 100 Millionen Männer mit ihrem Leben anfangen? Werden sie Mönche, oder vielleicht Soldaten?

Das Symbol, das aus diesem Kulturraum kommt, stellt ein sehr schönes Beispiel für Ausgewogenheit dar: das Yin-Yang-Symbol. Das weibliche und das männliche Prinzip bilden zusammen ein Ganzes, wobei ein Anteil von jedem im anderen vorhanden ist.

Was passiert im Westen? Die Embryonen-Forschung wird vorangetrieben. Auch die Forschung ist eine reine Männerdomäne. Und was hat ‚man' sich ausgedacht? Es existiert jetzt eine neue Erfindung, so etwas wie eine Gebärmaschine. Diese Maschine soll die Mutter – und die Gebärmutter – voll und ganz ersetzen. Männer brauchen dann keine Frauen mehr zum Kinderkriegen. Das erledigt dieser Apparat. Wie sind Kinder entwickelt, die künstlich gezeugt und aus einem Gebärapparat geboren werden? Ich wage kaum, mir das vorzustellen. Hier ist ein entsetzlicher gefühlsmäßiger Entfremdungsprozess erkennbar. Das ist keine Alternative. Das entbehrt jeglicher mütterlicher Wärme und liebevoller Zuwendung. So wie man wohl niemals das Gehirn in seiner gesamten Komplexität künstlich nachbilden kann, gilt das auch für das Wunder der Schwangerschaft und Geburt. Die westliche Männerwelt stößt an Grenzen. In der Gentechnologie wird sogar davon gesprochen, dass das männliche Y-Chromosom verkümmert und sich eher zurückentwickelt. Das weibliche X-Chromosom dagegen ist größer und entwickelt sich noch weiter.

Die Frauen im Westen lösen sich von einer jahrhundertelangen Tyrannei der Unterdrückung durch die Theologie. Anne Wilson Schaef zeigt in ihrem Beitrag „Weibliche Wirklichkeit" auf, welche Begriffe Menschen, mit denen sie in zahllosen Gruppen als Therapeutin arbeitete, den Wörtern *Gott, Mensch, Mann, Frau* zuordneten. Das Ergebnis ist weder neu noch überraschend. Sie fand im Wesentlichen immer die gleichen Begriffe, nämlich folgende:

18

Gott	*Mensch*
männlich	„Kind"
allmächtig	sündig
allwissend	schwach
allgegenwärtig	dumm oder töricht
unsterblich	sterblich
ewig	

Mann	*Frau*
intelligent	gefühlsbetont
mächtig	schwach
tapfer	ängstlich
gut	sündig
stark	„Kind"

Es ist ganz deutlich: „Der Mann ist für die Frau, was Gott für den Menschen ist. Wenn der Mensch mit Gott verglichen wird, fällt er unter die Kategorie ‚schwach und sündig'. Werden jedoch Männer mit Frauen verglichen, dann werden die Männer geradezu gottähnlich und Frauen fallen in die Kategorie ‚schwach und sündig'. (Beim Thema Sterblichkeit/Unsterblichkeit ist es nicht so eindeutig, aber eher hält man die Männer für unsterblich.)" – (Anne Wilson Schaef, Weibliche Wirklichkeit).

Anne Wilson Schaef nennt die Art und Weise, wie Männer heute kommunizieren, und ihr Wertesystem die „Mythen des weißen männlichen Systems". Hier zeigt sich in großen Zügen das Muster dieser Mythen, die von der christlichen Theologie bekräftigt werden. „Männer glauben, sie könnten Gott ähnlich werden und gehen dabei zugrunde. Frauen haben da natürlich überhaupt keine Chance und geben sich deshalb große Mühe, mit diesen sterblichen Göttern – den Männern – leidlich zurechtzukommen."
Ihre Beobachtungen liefen bei *jeder* Gruppe ungefähr auf das Gleiche hinaus. Sie kam zu dem Schluss, dass Überzeugungen und Mythen tief in unserer Kultur verwurzelt sind und das „System des weißen Mannes" (WMS – White Male System) viel mehr rechtfertigen und unterstützen, als frau gemeinhin vermuten würde.

Aus dem gerade beschriebenen Wertesystem lässt sich folgende Hierarchie in unserer Kultur ableiten:

Gott

Männer

Frauen

Kinder

Tiere

Erde.

„Gott beherrscht Männer, Frauen, Kinder, Tiere und die Erde. Männer beherrschen Frauen, Kinder, Tiere und die Erde. Frauen beherrschen Kinder, Tiere und die Erde. Die Erde kommt an letzter Stelle; sie wird als machtlos und allen untertan angesehen."

Es ist ein Herrschaftssystem mit Überlegenen und Unterlegenen, die immer ausgebeutet und kontrolliert werden. Männer versuchen dabei, wie Gott zu sein, Frauen versuchen, wie Männer zu sein, Kinder wollen gleich erwachsen sein. Die unter uns Stehenden versuchen wir zu zwingen, sich uns anzupassen. Folgendes passiert den Männern, wenn sie wie Gott sein wollen: Ihr Körper hält den Stress nicht aus und sie sterben früh. Frauen versuchen, es den Männern gleichzutun und werden für einen „männlichen Verstand" gelobt. Das Spiel geht demnach so: „Die Männer ganz oben dominieren, und wer weiter unten steht, muss sich entweder nach oben boxen oder man packt ihn beim Kragen und zieht ihn hoch. Aber schließlich dürfen die Männer nicht zu gottgleich sein, weil sie sonst sterben. Und Frauen dürfen den Männern auch nicht zu ähnlich werden, sonst lässt man sie wieder fallen. Und Kinder dürfen auf keinen Fall zu erwachsen sein, sonst machen sie uns ja keinen Spaß mehr. Was für ein Zirkus!" (Anne Wilson Schaef, Weibliche Wirklichkeit)

Es genügt uns nie, was frau ist. Das Schema von Herrschaft und Unterwerfung bildet die Grundstruktur fast aller theologischen Systeme. Dabei wird ein statischer Gott angenommen, damit der Mann so werden kann wie „ER". Und auch die Hierarchie muss statisch bleiben. Gott/der Mann bleibt immer oben an der Spitze. Die Aufmerksamkeit liegt auf Ziel und Inhalt, nicht auf Entwicklung oder Prozess und damit Dynamik.

Jetzt kommt das Konzept der Transzendenz hinzu, mit der Frage, ob der Weg zur Transzendenz nicht über ein Paradox führt. Es stellt sich die Frage, ob wir nicht erst ganz wir selber sein müssen, um über uns selbst hinauszugelangen. Und ob nicht der, der ständig versucht, über sich hinauszugelangen, sein wirkliches Selbst verliert. Ist es nicht so: In dem Maße, wie wir unser Menschsein entfalten, wächst unsere Fähigkeit zur Transzendenz. Das deutet auf den Prozess hin, die Entwicklung. Die Kirche steht hier auf dem Standpunkt, dass der selbstlose, d.h. der leidende Diener am gottgefälligsten ist. Frauen und Minderheiten wurde dabei gerne die Rolle der leidenden Dienenden zugeteilt, wodurch sie ihre Absolution erhielten. Dies funktioniert aber nur, wenn wir Frauen uns in Abhängigkeit begeben, und damit bringen wir uns um eine wichtige Erfahrung, nämlich die, die sich zwischen reifen Partnern ergibt. Das „System des weißen Mannes" ist eine Art Vaterfigur, die alle in Abhängigkeit halten will. Gott wird als Vater gesehen, dem es auf Kontrolle und aufs Kontrollieren ankommt. In dem weiblichen System, das A. Wilson Schaef bei ihren Forschungen entdeckte, wird Gott als Prozess gesehen, der niemals konstant oder statisch ist. „Unsere natürliche menschliche Entwicklung ist göttlich – und doch ist Gott *nicht nur* unser Prozess (ein Paradox). Wenn wir unser eigenes Leben leben, dann sind wir in Gott. Im „System des weißen Mannes" bedeutet im Einklang mit Gott sein soviel wie in Einklang mit etwas sein, das außerhalb von uns ist. Und dieser Gott ist statisch und gut. Frau erwartet vom Menschen, dass sie/er sich nach diesen außerhalb ihrer/seiner selbst liegenden Maßstäbe des Guten richtet. Um Gott nahe zu sein, muss frau also lernen, sich selbst zu verleugnen oder das Selbst hinter sich zu lassen. In anderen Worten, frau muss sich anstrengen, das zu werden, was frau nicht ist.

Im weiblichen System ist jemand bei Gott, der bei sich selbst ist. Und Gott ist in ständigem Wandel und Wachstum begriffen. Wer sich mit seinem eigenen Prozess im Einklang befindet, der ist auch im Einklang mit Gott. Und Gott ist nicht *nur* unser Prozess und ist doch unser Prozess.

In der feministischen Theologie haben Kontrolle und Kontrollieren keinen Platz. Ebenso wenig Herrschaft, da von allen Menschen erwartet wird, dass sie ihren eigenen Prozess wie auch den ihrer Mitmenschen fördern. Dieses Fördern ist in seinem Selbstverständnis niemals schädlich, sondern immer hilfreich." (Schaef)

Dies ist meiner Meinung nach eine sehr gute Beschreibung der Struktur, die sich unter der 2000 Jahre langen männlich dominierten Spiritualität entwickelt hat.

Löbliche neue Ansatzpunkte sind bei Matthew Fox und Rupert Shaldrake zu finden, was das Thema „Hierarchie" betrifft. Sie schlagen vor, es stattdessen „Muster" zu nennen, um den Aspekt der Dominanz, der mit „Hierarchie" verbunden ist, zu überwinden.

Vielleicht sollte frau staatliche religiöse Organisationen ablehnen. Jede Frau soll frei sein können in ihren religiösen Empfindungen und ihrer Ausübung von Spiritualität und ihren Gedanken darüber. Das Göttliche ist reine Privatsache, jede Frau soll damit für sich sein können.

Die grundlegenden ethnischen Werte (analog zu den zehn Geboten aus dem Alten Testament, auch biblische Geschichten) und die demokratischen Grundsätze können den Kindern während ihres Bildungsweges vermittelt werden. Soziales Verhalten können schon die Kleinen im Kindergarten lernen.

Den Müttern wird die Doppelrolle von Familie und Beruf wesentlich erleichtert werden, wenn es genügend Kinderhortplätze für die Kleinen gibt und die Ganztagsschule eingerichtet ist. In Großbritannien und Frankreich und fast allen anderen Ländern der Europäischen Union ist das schon lange üblich. Warum tut sich gerade Deutschland so schwer damit, die Kinder der absoluten Obhut der Mütter zu entreißen? Das alte Erziehungsideal: „Die Kinder müssen bei der Mutter sein" ist doch längst überholt und belastet die Frauen heute nur. Allerdings sollte für eine qualifizierte und liebevolle Aufsicht gesorgt sein, sonst würde keine Mutter und – ich hoffe – auch kein Vater, ihre bzw. seine Kleine oder Kleinen jemandem anvertrauen.

In den rund 2000 Jahren, in denen der Demeter-Kult lebendig war, wandelte sich der Gottesbegriff, der hier noch deutlich weiblich geprägt ist. Es begann ca. 1500 v.u.Z. mit den alten Fruchtbarkeitsriten, die in Form von Demeter-Festen im gesamten griechischen Raum gefeiert wurden. Die biologischen Vorgänge der Befruchtung bei Mensch, Tier und Pflanze waren noch weitgehend unentdeckt. Auch der Kosmos und die Natur, wie wir sie heute verstehen, waren noch unerforscht. Sehen konnte frau, dass Frauen die Kinder bekamen und somit die Lebensspenderinnen waren. Sie hatten eine große Machtposition, und die Vererbung führte über die weibliche Linie. Der Gottes- bzw. der Göttinnenbegriff war der der Großen Mutter. In den Demeter-Kult flossen alle vorher gesammelten Erfahrungen und Vorstellungen ein, die mit Kybele, Rhea, Gaia, Ischtar, Isis, Innana und v.a.m. verbunden waren.
Zur Blütezeit Griechenlands erreichten die Eleusinischen Mysterien einen hohen Grad der Vergeistigung mit vielen spirituellen und auch effektvollen Elementen: frau fastete, reinigte sich, aß und trank, tanzte und musizierte miteinander, inszenierte das Kernstück des Festes, das Mysterienspiel mit der Demeter- und Persephone-Geschichte, erlebte Ekstase, herbeigeführt durch unmittelbares Erfahren von Dunkelheit und Licht, Stille und Ton, Angst und Befreiung und vielleicht auch durch Rauschmittel wie Alkohol bzw. ein halluzinogenes Getränk, die ‚Heilige Hochzeit', symbolisiert von der Hohepriesterin und dem Hierophant (ob tatsächlich vollzogen oder nicht, bleibt Spekulation), die symbolische Geburt des Kindes und als Höhepunkt des Festes das Zeigen der ‚Heiligen Kultgegenstände' (aus Brotteig geformte Gegenstände in Form von Pinienzapfen und männlichen Schweinen, oder Mörser und Stößel, die zur Zubereitung des sakralen Gerstentrankes benötigt wurden), die in einer Kiste lagen, sowie das schweigende Abschneiden einer Kornähre.

Inzwischen hat sich der Erkenntnisstand der Biologie wesentlich weiterentwickelt. Aristoteles nahm an, die Frau sei lediglich das Gefäß für den Samen des Mannes, der das Kind hervorbrächte und allein für das Kind verantwortlich wäre. Die zweitausend Jahre nach dem Göttinnen-Kult konzentrierten sich exzessiv auf die Bedeutung und zentrale Wichtigkeit des Mannes. Die Frau wurde in allen Bereichen entmachtet, vor allem in allen öffentlichen Bereichen wie der Politik, der Lehre, der Forschung. Das Gottesbild wandelte sich entscheidend. Es wurde zweitausend Jahre lang von Männern erdacht, geprägt, überliefert, beschrieben. Frauen spielten nur noch eine sehr kleine Rolle dabei. In der christlichen Theologie wurde dies im Johannes-Evangelium untermauert. Im Prolog des Johannes stellt dieser Jesus als Fleischwerdung des Wortes, des *Logos* dar (Vers 14: „Und das Wort (= der Logos) ward Fleisch"). Jesus als der *eingeborene Sohn* hat nur einen Vater, nämlich Gott, und keine Mutter. Gottvater zeugt nicht nur, sondern er gebiert auch. Das „Fleischwerden" kommt einem „Geborenwerden" gleich. Kolpos, das griechische Wort für Busen oder Schoß, wird in Joh.1 Vers 18 verwendet: „Niemand hat Gott je gesehen; der Eingeborene, der Gott ist und in des Vaters Schoß ist, der hat ihn uns verkündigt." Dies alles in einem übernatürlichen Sinn gesehen, liegt die Absicht jedoch darin, die geistlich-männliche bzw. geistlich-väterliche Dominanz zu etablieren. Christus hat weder eine Mutter, noch erscheint hier irgendeine sonstige weibliche Instanz. Sie ist in der christlichen Theologie inzwischen völlig eliminiert.

Hier können wir die Weiterentwicklung der Wandlung vom Matriarchat, das die Abstammung über die mütterliche Linie festlegt, hin zur Abstammung über die väterliche Linie erkennen. Angefangen hatte es beim Dramenzyklus des Aischylos in seiner „Orestie". Orest gelingt es, seine Mutter zu ermorden und trotzdem anerkannter Gott-König zu werden. Er kommt ohne Strafe oder Schuldzuweisung davon.

Heute entwickelt sich ein neuer Begriff der Spiritualität, Frauen äußern sich wieder zu diesem Thema und bringen ihre Vorstellungen ein.

Was brauchen wir Frauen? Nun, die Forschung hat eindeutig bewiesen, dass am Anfang die Frau ist. Alle Kinder sind im embryonalen Zustand zunächst weiblich, haben zwei X-Chromosomen in ihrem Genmaterial. Erst nach ein paar Wochen wandelt sich bei einigen Embryonen eines der X-Chromosome in ein Y-Chromosom, so dass sich ein männliches Kind entwickelt.

Auch die Befruchtungsforschung kehrt die „passive Rolle" der Frau in den aktiven Part um: Nicht der Samen sucht das Ei, sondern das Ei nimmt den „besten" Samen in sich auf. Und das, nachdem die Samen den weiten Weg von der Vagina zum Eierstock hinauf weitestgehend von der Gebärmutterschleimhaut regelrecht transportiert werden. Erst im letzten Abschnitt, kurz vor dem reifen Ei, „schwimmen" die Samen los, um dann vor dem Ei zu verharren, bis das Ei seine „Schleuse" für den von ihm gewählten Samen öffnet. Fantastisch!

Die alten Standpunkte vom Patriarchat wurden hinreichend widerlegt, was die Zeugung angeht. Natürlich sind diese Vorgänge besonders wichtig, gerade für Frauen. Große Geheimnisse wurden hier erfolgreich gelüftet.

Die Erde, die Natur ist Frau weiterhin wichtig, denke ich. Wir haben nur eine, und sie ist wunderbar und einzigartig. Und entsetzlich bedroht, ganz diesseitig gesehen. Ob es im Jenseits eine Erde gibt, sei dahingestellt.

Immer dann, wenn Frauen spirituell aktiv werden, ist die Sorge um die Erde bzw. Natur nicht weit. Diese beiden Bereiche scheinen zusammenzuhängen. Das Bewahren unseres Planeten in einem einmaligen Sonnensystem wird zur Aufgabe, die diejenigen fast in die Knie zu zwingen scheint, die ihn zu retten versuchen. Hier sind auch viele Männer mit dabei, ob in neuen gleichberechtigten oder althergebrachten Strukturen.

Die Beschäftigung mit der Umwelt und persönlicher Einsatz zur Erhaltung der Natur und allem, was damit zusammenhängt, ist förderungswürdig und ein Thema, mit dem nicht früh genug im Leben begonnen werden kann. Wir haben nur eine Erde, und hier kann Demeter – als Repräsentantin der kultivierten Erdoberfläche, der Unterwelt, den Bodenschätzen und allem, was tief unten in der Erde liegt, und des Himmels, der Ozonschicht, Erdatmosphäre, dem Klima – gepflegt und unterstützt werden. Dies kann frau in organisierter Form tun, wie zum Beispiel in politischen Parteien mit einem ökologischen oder „grünen" Konzept, oder in so genannten NGOs (nongovernmental organizations), das sind die nicht der Regierung unterstellten Organisationen, wie zum Beispiel Greenpeace, die sich mit Umweltschutzfragen beschäftigen.

Während meiner Auseinandersetzung mit Demeter entdeckte ich, dass sich mir damit nicht nur der Ackerbau in der Antike erschloss, sondern Demeter war eine große Göttin, deren Kult über zweitausend Jahre lang lebendig war. Länger im Endeffekt als das Christentum. Und sie hat überlebt: in der ökologischen Landwirtschaft als Anbauverband mit Namen Demeter, als EU-finanziertes Projekt „**D**evelopment of an **E**uropean **M**ultimodel **E**nsemble system for seasonal to in**ter**annual prediction", als ein Frauenarchetyp innerhalb einer „Psychologie einer neuen Weiblichkeit" (von Jean Shinoda Bolen), in der **Dem**okratie, der Herrschaft des Volkes.

Das Ehren und Pflegen der guten Mutter-Tochter-Beziehung geriet nach der Zerstörung des Demeter-Kults in Eleusis in Vergessenheit. Vielleicht ist es an der Zeit, sie wieder ins Gedächtnis zu rufen.

Mögen Umweltschutzprogramme und Klimagipfel zugunsten von Demeter, der Göttin der kultivierten Erde und Menschen, wirksam sein und sie gnädig stimmen, so dass sie die Erde nicht verdorren und wüst und öd werden lässt.

2. Kapitel

Die griechische Göttin, der Demeter-Mythos, Eleusis und die Mysterien

Ursprung, vorgriechische, griechische und römische Zeit des Demeter-Kults

In der griechischen Mythologie ist Demeter, Tochter der Rhea und des Kronos, Schwester sowie Gattin des Zeus, eine milde ehrwürdige Göttin und wird durch ihr inniges Verhältnis zu ihrer eigenen Tochter Persephone besonders charakterisiert. Ihre Attribute sind die Fackel, Krone, das Zepter und Ähren.

Im antiken Griechenland war Demeter die große Göttin der Landwirtschaft. Wie ihr Name besagt: de = Erde, meter = Mutter, oblagen ihr das Fruchttragen der Erde und der Schutz des Ackerbaus, insbesondere der Anbau von Getreide, dem damaligen Hauptnahrungsmittel des Menschen. In den Demeter-Kult fließt der Kult der uralten Fruchtbarkeitsgöttin ein. Demeter scheint eine der ältesten Gottheiten des griechischen Pantheon gewesen zu sein. In der mediterranen matriarchalen Gesellschaft wurden Frauen als Quelle des Lebens und der Liebe vom Archetyp des heroischen Jägers verehrt. Bei Hesiod lesen wir, dass Iasion und Demeter sich auf der Insel Kreta in Liebe vereinten, und zwar auf einem dreimal gepflügten Feld. Aus dieser Vereinigung aus Demeters freiem Willen gebar die Göttin Plutos, den Gott des irdischen Reichtums und Wohlstands, gewonnen aus der Fülle des Ackerbaus.

Zur Entstehungsgeschichte der griechischen Kultur

Es gab auf den ägäischen Inseln eine hochstehende Kultur, die kykladisch-minoische Zivilisation, die sich über einen Zeitraum von tausend Jahren entwickelte. Dabei handelte es sich wohl um eine eigenständige, blühende Kultur, die regen Handel mit Rohstoffen zwischen dem heutigen Griechenland und Kleinasien trieb und die von der Seefahrt geprägt war. Einer These von Volker J. Dietrich nach sei der Untergang dieser Kultur möglicherweise auf die katastrophale Eruption des Vulkans Santorin zurückzuführen, die um 1628/1627 v.u.Z. stattgefunden haben muss. Auf den Kykladen (Inselgruppe in der Ägäis, bestehend aus über 30 Inseln wie Naxos, Paros, Mykonos, Andros, Santorin etc.) entstand vor etwa 4000 Jahren eine erste Zivilisation. Es wurden Töpferwaren, Werkzeuge und Waffen hergestellt und mit Schiffen über die gesamte Inselwelt gehandelt. Auf der Vulkaninsel Milos gab es schwarzen Obsidian (vulkanisches Gesteinsglas). Das harte, scharfe Obsidianglas war der begehrteste Rohstoff für Waffen und Schneidewerkzeuge der Jungsteinzeit. Auch als der Handel mit der Zeit immer belebter wurde, Metalle aus Erzen gewonnen wurden, Kupfer, Silber und Blei sowie Zinn angeboten wurden, wiesen die Siedlungen auf den Inseln keine Befestigungsanlagen auf. Es war dort nicht nötig, sich gegen eine Invasion von der See zu schützen. Dies bezeugt die Überlegenheit der kykladisch-minoischen Seefahrer über die großen Schiffe, die von den umgebenden Königreichen Syrien und Ägypten gebaut wurden. Deren Schiffe waren den Winden, Wellen und Untiefen der Kykladen anscheinend hilflos ausgeliefert. So konnten sich die Kyklader und Minoer aufgrund dieses Vorteils frei und unabhängig entfalten. Diese bevorzugte Lage der Kykladen, der Dodekanes (ägäische Inselgruppe mit Rhodos, Patmos etc.) und Kretas ermöglichte die Entstehung einer unabhängigen Seefahrer- und Händlerkultur, aber auch die einer eigenständigen Religion. Diese Religion war von natürlicher Harmonie geprägt und dem Schönen zugewandt, kannte keine dominanten Götter und musste weder durch Unterdrückung einen Glauben erzwingen noch mit der Angst vor dem Tod drohen. Dämonen und böse Geister waren unbekannt. Es bildete sich vielmehr ein matriarchalisches System, dessen Mittelpunkt der Bewunderung und Verehrung junge, hübsche und fruchtbare Göttinnen waren, umgeben von jungen Kriegern und Jägern. Auch Grabbeigaben aus präkykladischer Zeit symbolisierten fruchtbare weibliche Marmor-Idole. Die Frau als Spenderin neuen Lebens wurde verehrt. Es gab weder einen Totenkult wie in Ägypten noch größere Tempelanlagen oder Paläste.

Diese minoische Kultur ging durch eine Vulkankatastrophe zugrunde, die sich über Monate bis Jahre anbahnte, also nicht plötzlich eintrat. Nach Eruptionen mit Aschenregen und Glutwolkenströmen traten auch Riesenwellen (Tsunamis, ausgelöst durch submarine Rutschungen) auf, die die Schiffe und Siedlungen der Inselgruppen völlig zerstörten. Bimsaschen wurden in Kleinasien, Syrien, Israel und im Nildelta gefunden, um das Ausmaß der Katastrophe zu beschreiben. Es handelte sich anscheinend um einen Ausbruch des Vulkans, der unter der Mittelmeerinsel Santorin tätig war. Dort existiert nur noch ein riesiger Krater in der Mitte eines Inselringes, der heute Santorin bildet. Früher gab es innerhalb dieses Ringes einen Berg mit einer hochzivilisierten Stadt darauf. Diese Stadt wurde völlig zerstört. Der Vulkan brach genau unter diesem Berg aus, und die fehlende Felsmasse löste eine riesige unterirdische Flutwelle aus, wie schon weiter oben beschrieben. Die Wassermassen fluteten in die entstandene Lücke. Diese Stadt, die heute bei archäologischen Forschungen entdeckt wurde – handelte es sich hier um das sagenumwobene Atlantis? Das untergegangene Reich der früheren Zeiten?

Auch in der attischen Mythologie wird von einer großen Flutkatastrophe berichtet: In einem mythischen Kampf zwischen Athene und Poseidon um den Besitz Attikas ließ Poseidon eine Quelle entspringen, mit der er dann Attika und die Thriasische Ebene überschwemmen ließ, weil sein Geschenk (eine Salzquelle) weniger Beifall fand als Athenes (ein Ölzweig).

Nach dieser Zeit des matriarchalen Systems entwickelte sich die polytheistische Philosophie Griechenlands mit ihren zwölf olympischen Göttern. Die matriarchalische Religion machte in spätminoischer Zeit einem „imperialistischen Polytheismus" Platz. Es entstand die „Goldene mykenische Epoche" auf der Peloponnes. Die Kunst enthält Darstellungen von Objekten wie Dämonen, Greifvögeln, Sphinx, Kriegsszenen; auch das barbarische Abschlachten von Tieren wird abgebildet. Größere Städte wie Mykene, Argos, Tirins, Lerna, Midea und Epidaurus waren stark befestigt und weisen nun Schachtgräber mit umfangreichen Beigaben auf, was auf einen stärkeren Totenglauben deutet. Obwohl die zerstörten Siedlungen und Paläste der vorigen Zivilisation wieder erneuert wurden, konnte die Perfektion der kykladisch-minoischen Epoche nie wieder erreicht werden.

Die goldene mykenische Epoche dauerte anscheinend nur zwei Jahrhunderte an. Sie wurde von dem um 1100 v.u.Z. zu Ende gehenden Trojanischen Krieg,

Naturkatastrophen und kriegerischen Verwüstungen auf der Peloponnes, in der Argolis und in Attika beendet.

Der Demeter-Mythos in verschiedenen Variationen

Demeter wurde schon von den ersten Stämmen im griechischen Raum verehrt, die sich mit Landwirtschaft beschäftigten. Daher lagen auch ihre ältesten Heiligtümer in ländlichen, oft schwer zugänglichen Gegenden. Im Bergland von Arkadien wurde sie Deó genannt. Hier gibt es eine patriarchalische Form des Mythos. Ein bronzenes Kultbild stellte sie mit Frauenkörper und Pferdekopf dar. Die Statue verkörpert den Mythos über die Beziehung Demeters mit dem Meeresgott Poseidon. Demeter verwandelte sich in eine Stute, um Poseidons Liebe zu entfliehen. Aber Poseidon nahm die Gestalt eines Hengstes an und vergewaltigte sie. Daraufhin wurde Demeter zur Zornesgöttin Erinys und gebar die Tochter Despoina sowie das geflügelte Pferd Arion (Erion).

Der Name der Tochter, die Demeter Poseidon gebar, durfte außerhalb der Mysterien nicht genannt werden. Die Schwarze Demeter (Demeter Melaina) wurde in Philigia zusammen mit Despoina verehrt. Auf einem Berg in einer phigalischen Höhle gab es eine Abbildung der Schwarzen Demeter mit einem schwarzlockigen Pferdekopf, die einen Delphin und eine Taube in Händen hält. Demeter und Despoina hatten einen gemeinsamen Thron im Heiligtum von Lykósura. Demeter hielt eine mystische Kiste und war in einen Mantel, dekoriert mit Erd- und Meereskreaturen, gehüllt. Neben Demeter und Despoina stand eine Artemis-Statue, die in einer Hand zwei Schlangen, in der anderen eine Fackel hält. Hier wurde die dunklere Seite ihres Charakters verehrt.

Es gibt mehrere Orte, die für sich in Anspruch nehmen, dass Demeter dort weilte, als ihre Tochter Persephone entführt wurde. Eine Legende erzählt, dass Demeter sich gerade auf ihrer geliebten Insel Sizilien aufhielt, wo der Menschenraub sich am See Pergus, in der Nähe der hochgelegenen Stadt Enna, zutrug. Nahe bei Syrakus verschwand der Entführer mit seinem Opfer, und dort entspringt seitdem die Quelle Kyane, die „Dunkle".
In Argos auf der Peloponnes kursiert die Geschichte, dass Demeter dort auf der Suche nach ihrer Tochter Persephone bei einem Urmenschen eingekehrt und gut aufgenommen worden sei. Dies war Pelasgos, und seine Frau Chrysanthis, „Goldblume", berichtete der Sage nach zuerst von dem Schicksal der geraubten Tochter. In Sparta wurde Demeter Chtonia in Hermione verehrt, wobei vier alte Frauen als Ritual eine Kuh opferten.

Demeter wurde auch als Schirmherrin der Amphiktionen verehrt, des Kultbundes der umliegenden Bewohner des Heiligtums der Demeter Pylaia von Anthele. Dieser wurde später mit dem von Delphi-Pytho vereinigt. Die Amphiktionen verpflichteten sich zur Fürsorge für das Heiligtum und seine Feste und zur Beachtung völkerrechtlicher Normen untereinander: Rechtsbeziehungen bei Streitigkeiten, Verbot von Zerstörung und Wasserabgraben im Krieg, aber kein Verbot von Kriegen überhaupt.

In Andania in Messenia wurde der antike griechische Kult der Andania-Mysterien zu Ehren der Erdgöttin Demeter und ihrer Tochter Kore/Persephone gefeiert. Eine lange Inschrift von 92 v.u.Z. enthält ausführliche Angaben zur Durchführung der Riten. Es durften wohl Männer, Frauen und Kinder, versklavt oder frei, teilnehmen, und alle Initianden mussten einfache Kostüme tragen. Es gab eine Prozession und Opfergaben an verschiedene Gottheiten.

Der berühmteste Ort blieb jedoch Eleusis, wo vom Schicksal Persephones und der Suche Demeters nach ihrer Tochter berichtet wurde. Hier gelangt Demeter auf der Suche nach Persephone nach Eleusis und an den Königshof des Keleos. Am Brunnen hatte sie gesessen, und am „Fels der Tränen" über ihren Verlust geweint. Der Name Keleos weist auf einen sehr altertümlichen Hintergrund der Geschichte. Keleos bedeutet „Specht", und ein solcher König passt zu Waldbewohnern, die den Ackerbau noch nicht kannten. Als Demeter dort ankam, konnte sie die Menschen aus Dankbarkeit dafür, dass sie sie aufnahmen und ihre Erzählung von ihrer verlorenen Tochter anhörten, mit Getreide beschenken.
Einen älteren Mythos noch als der homerische, der wohl in Eleusis zum Leben erweckt wurde, bewahrten die Anhänger des Orpheus. Hier kommt das Element der Tröstung hinein. Demeter gelangte auf dem Rharischen Gefilde zwischen Athen und Eleusis zu Menschen, die der Erde entsprossen waren: Frau Baubo und Herrn Dysaulus, den Urmenschen. Sie hatten drei Söhne, nämlich Triptolemos, Eumolpos und Eubuleus. Triptolemos, der „dreifache Krieger", soll Rinderhirt, Eumolpos Schafhirt und Eubuleus Schweinehirt gewesen sein. Triptolemos muss ebenso wie der Sohn Keleos', Demophoon, der „Volkstöter", eigentlich eine kriegerische Gestalt gewesen sein. In Eumolpos (der „schön Singende"), wird der zelebrierende Priester der eleusinischen Mysterien erkennbar. In der Erzählung heißt es so:

„Die Schweine des Eubuleus seien durch denselben Abgrund verschlungen worden, in dem Persephone verschwand. Darum auch konnte er das Schicksal der Tochter nachher der Demeter melden. Die meisten Erzählungen nennen neben ihm, oder auch allein, Triptolemos als Melder. Triptolemos sei derjenige gewesen, der mit dem Getreide beschenkt in die Welt auszog, um die Gabe der dankbaren Göttin unter den Menschen zu verbreiten. War er früher ein kriegerisches Wesen, so wurde er durch Demeter zum Besänftiger der wilden Sitten der Urmenschen, die das Brot noch nicht kannten. Auf Vasenbildern erblickt man ihn auf einem Wagen, der nur aus zwei Rädern und einem Thron besteht, an den Rädern sind Flügel und Schlangen sichtbar, und Triptolemos auf dem Thron trägt Ähren in der Hand.

Die Tröstung der Demeter aber wurde folgenderweise erzählt: Baubo nahm die Göttin gastfreundlich auf und reichte ihr das Getränk aus Gerste, das man schon kennt. Die Göttin wies es zurück und wollte mit dem Fasten nicht aufhören. Da tat Baubo etwas anderes. Saß sie der trauernden Demeter gegenüber schon mit gespreizten Beinen da, so hob sie nun auch ihr Gewand hoch, zeigte ihren unschönen Leib, und siehe: das Kind Iakchos war es, das da aus dem Schoß der Baubo lachte. Da lachte auch die Göttin, und lächelnd nahm sie das Getränk an. Iakchos war der Name, mit dem das göttliche Kind der eleusinischen Mysterien, der Sohn der Persephone, bezeichnet wurde, dessen Geburt der zelebrierende Priester zu verkünden hatte. Zur Erinnerung an eine ähnliche Tröstung bekannten die Eingeweihten in Eleusis: „Ich fastete, ich trank das Gerstengetränk.“ Was sie gesehen hatten, durften sie nicht ausplaudern. Es wäre auch nicht leicht, genauer zu beschreiben, was Demeter im entblößten Schoß der Baubo erblickte. Damit wird bereits das Unaussprechliche der Mysterien gestreift.“ (Karl Kerényi, Die Mythologie der Griechen).
Bei Homer kommt Demeter zum König Keleos von Eleusis. Auch bei Hesiod und Pausanias kehrt sie bei Dysaulus, dem Urmenschen ein.

Die Göttin Demeter trug viele Beinamen, an denen frau auch ihre Bedeutung erkennen kann. Einige davon wurden schon genannt, weitere sind Demeter Chloë, die „Grüne“; so wurde Demeter im Frühling genannt, wenn die Natur wieder grün wurde. Demeter Antaia, die „Blühende“, Demeter Chtonia, die „Unterirdische“ bei den Thrakern, Demeter Thesmophoros, die „Bringerin der Jahreszeiten“, sogar Demeter Panagia, die „Allheilige“, auch ein Beiname Marias in der orthodoxen Kirche.

Demeter-Heiligtümer findet frau in Eleusis, in Locri, (griechische Siedlung in Italien), Korinth, Cyrene (griechische Siedlung in Nord-Afrika), in Kleinasien, Rom (Demeter-Ceres), Ägypten und in Mytilene auf Lesbos.

Demeter Thesmophoros brachte die Jahreszeiten und die Gesetzmäßigkeit. Das landwirtschaftliche Jahr begann mit dem Fest zur Vorbereitung der Aussaat, Proerosia. Das Land wird für die neue Saatzeit gesegnet.
Danach folgten die Thesmophorien-Feste zur Aussaatzeit (Mitte Oktober/Mitte November). Der griechische Winter ist regnerisch, so dass die Saat gut aufgehen kann, während der Sommer trocken ist und das Land zu der Zeit brach liegt. Die Thesmophorien wurden im ganzen Land gefeiert. Während dieser Feste war Demeter ‚Demeter Thesmophoros'. Es fanden Fruchtbarkeitsriten statt, die heiligen Gesetze und die Wiederkehr des jungen Mädchens Kore wurde gefeiert. Sie symbolisiert das Junge, Wachsende.

An den Thesmophorien wurden Demeter und Zeus angerufen, der Ruf nach Persephones Aufstieg erscholl, die heilige Verleihung des Demeter-Segens erfolgte.
Als erstes der Thesmophorien-Feste fand das Stenia-Fest statt, ein derbes und lärmendes Fest, an dem Baubos Humor die unfruchtbare Demeter in die fruchtbare Mutter verwandelt.
Nun folgen die eigentlichen Thesmophorien, an denen Demeters heilige Gesetze gefeiert wurden.
Da gab es das Fest Nestia. Hier wurde vom Aufstieg Persephones aus der Unterwelt erzählt. Thema des Festes ist Persephones Trauer, weil sie ihren geliebten Plutos in der Unterwelt verlässt. – *Hier wird die positive Version des Mythos gewählt.* – Es wurde gefastet.
Das letzte der Feste ist Kalligenia, ein Fest der Freude; das Wiedersehen von Demeter und ihrer Tochter, der Kore (junges Mädchen), Persephones Aufstieg aus der Unterwelt werden gefeiert, alle landwirtschaftlichen „Kinder" der Großen Mutter gesegnet.
Das nächste Fest im Jahreszeiten-Ablauf ist Haloa, ein winterliches Fruchtbarkeitsfest zu Ehren von Mutter und Tochter. Das neue grüne Wachstum sowohl auf dem bebauten Land als auch wild wachsend wird gefeiert.
Im Frühjahr dann das Fest der Chloë, an dem die Grüne Mutter, die junge Tochter und der Gott Dionysos geehrt wurden. Ein Fest der Blumen, der fruchtbaren Demeter und des jungen Mädchens Kore sowie der grünen Erde.

Die Kleinen Mysterien, das Vorbereitungsfest für die Großen Mysterien im Oktober/November, fanden im Februar/März in Agrai, einem Athener Vorort nahe dem Fluss Ilissos, statt. Es wurde der ganze Jahreszeitenzyklus gefeiert; es gab Reinigungsrituale, AnwärterInnen für die Einweihung in die Großen Mysterien erhielten die Demeter-Weihe, die den ersten Einweihungsgrad darstellte. Die Priesterinnen der Mysterien, die aus den eleusinischen Priestergeschlechtern der Eumolpiden und Kerykes stammten, bereiteten die Gläubigen auf ihre Einweihung an den Großen Mysterien vor.

Die Ernte-Feste im späten Frühjahr bis zum Frühsommer: Thargelia, das Ernte-Fest mit Demeter, der Königin der Ernte. Der Samen und das junge Mädchen sind gereift.

Kalamaia, das Dresch-Fest: Das Getreidekorn wird vom Halm getrennt. Triptolemos wird geehrt.

Und Skira, die Feier für den Abstieg des jungen Mädchens, die Vereinigung von Persephone und Plutos in Liebe und das Lagern des Saatguts. Die Zeit des brachliegenden Landes beginnt, und in den folgenden Monaten wird Demeter zur alten Frau.

Im August/September fanden die Eleusinien statt, ein Sport- und Musikfest, das nichts mit den Eleusinischen Mysterien zu tun hatte. Die Gewinner der Wettkämpfe erhielten Getreide vom heiligen Rharischen Feld des Tempels von Eleusis.

Das Jahr endete mit den Großen Mysterien, die im Oktober/November stattfanden und das bedeutendste Fest waren. An neun aufeinander folgenden Tagen wurde das Heilige Drama aufgeführt, die Versöhnung von Demeter, Plutos und Persephone. Es wurde drei Tage gefastet, getanzt, gesungen, gefeiert. Die Riten der cista mystica, der Heiligen Kiste, fanden statt. Es herrschte 55 Tage Waffenruhe um die Festtage, die Herolde liefen aufs griechische Festland, nach Rom, bis nach Kleinasien und Ägypten, um zu den Großen Mysterien zu rufen.

Das Fest dauerte neun Tage, so lange, wie Demeter auf der Suche nach Persephone unterwegs war. Am ersten Tag der Großen Mysterien, dem 14. Boëdromion (griechischer Monat, ca. September/Oktober; der griechische Kalender war ein Mond-, kein Sonnenkalender, daher auch Verschiebungen), brachten die Gläubigen den Göttinnen auf den Altären und an der Feuerstelle auf dem Vorhof des Heiligtums Opfer dar. Anschließend bildeten sie einen

Prozessionszug, dem die Demeter-Priesterin voranschritt und in einer Kiste die Kultsymbole auf der Heiligen Straße nach Athen ins Eleusinion der Stadt auf der Agora (Marktplatz) unterhalb der Akropolis brachte.

Am 15. Boëdromion verkündete der Herold in der Stoa Poikile auf der Athener Agora die offizielle Eröffnung des Festes. Es waren nur Mörder und Tempelräuber sowie alle, die nicht griechisch sprachen, von der Teilnahme ausgeschlossen.

Am nächsten Tag folgte eine Reinigungszeremonie für die Gläubigen am Meer in Phaleron, und sie opferten Ferkel.

Am 17. Boëdromion fanden Opferhandlungen im Athener Eleusinion statt.

Auch noch am 18. Tag des Monats konnten große Persönlichkeiten mit den Vorbereitungen zu ihrer Einweihung beginnen. Das wurde ihnen im Andenken an Asklepios gewährt, der ebenfalls verspätet zu den Mysterien eingetroffen war.

Am 19. Tag des Monats wurden die heiligen Symbole von den Gläubigen in einem Festzug auf der Heiligen Straße nach Eleusis zurückgebracht. Diese Prozession wurde nach dem Gott Iakchos benannt, dem Gott, dessen Wagen voranfuhr. An bestimmten Stellen der Straße, wo es Altäre oder Heiligtümer gab, brachten die ProzessionsteilnehmerInnen Opfer dar und sangen Hymnen. Der Zug endete auf dem großen Vorhof des Heiligtums, wo er von den Priestern empfangen wurde. Die ganze Nacht wurde hier zu Ehren der Göttin getanzt.

Der zweite Grad der Einweihung folgte am 20. und 21. Tag des Monats. Die Zeremonien, die hier durchgeführt wurden, sind uns jedoch nur wenig bekannt. Wir wissen lediglich, dass irgendein Geschehen, vermutlich der Raub der Persephone, des jungen Mädchens (Kore), als „Handlung", dargestellt wurde, dass Sätze der Geheimlehre, das „Gesprochene", wiedergegeben und dass die heiligen Symbole, das „Gezeigte", aufgedeckt wurden.

Am 21. Tag wurde die „epopteie", das „Schauen", der dritte und höchste Grad der Einweihung, vollzogen. Daran durften nur die Mysten teilnehmen, die schon im Jahr zuvor eingeweiht worden waren. Dabei zeigte der Priester, der Hierophant, den Mysten als höchstes Geheimnis die „schweigend geerntete Kornähre".

Am 22. Boëdremion brachten die Eingeweihten den Toten in besonderen, mit Flüssigkeiten gefüllten Kannen „plemochoes", Spenden, dar, und am 23. Tag kehrten sie nach Hause zurück, mit höherer ethischer Gesinnung, glücklich, den Tod weniger fürchtend und in stärkerer Hoffnung auf ein besseres Leben.

Ich fasse die Parallelität zwischen pflanzlicher Fruchtfolge und der Mutter-Generationen-Folge im menschlichen Bereich wie folgt zusammen: Im antiken Griechenland dachte man, der Zyklus des Getreides, wie er im Mythos der Persephone oder Kore dargestellt wurde, wäre parallel zu dem der Menschen. In der homerischen Hymne an Demeter wird erzählt, dass Hades, der Gott der Unterwelt (des Tartarus) eine Frau wollte, und wie er Kore in die Tiefen der Erde davontrug. Mutter Demeter suchte nach ihrer Tochter und kam nach Eleusis. Sie weigerte sich, das Getreide wachsen zu lassen. Schließlich bat Zeus Hades, Kore wieder zurück zur Erde zu schicken, denn er bangte um seine eigene Position. Es herrschte solch starke Hungersnot, dass die Menschen auch ihm keine Opfer mehr darbrachten. Nun kam Kore also als das grüne Mädchen zurück ans Licht und gebar ihren Sohn Pluton, den Reichen, den landwirtschaftlichen Wohlstand. Aber weil Kore den Granatapfelkern gegessen hatte, das Symbol des Todes und der Geburt, konnte sie nicht vollständig befreit werden. Es wurde ein Kompromiss erreicht, demzufolge sie ein Drittel des Jahres mit ihrem Ehemann verbrachte und den Rest des Jahres mit ihrer Mutter. Damit zufrieden, ließ Demeter das Getreide wieder wachsen und lehrte die Eleusinier ihre Riten. Die gesamte Geschichte von Demeter und Kore wurde ausführlich in den Eleusinischen Mysterien dargestellt. Genauso, wie im Mythos Kore von Hades weggetragen wurde, um ihn zu heiraten und Pluton zu gebären, wurde das Saatgut ins Feld gestreut und in die Erde gegraben, um neues Leben hervorzubringen. Genau dann, wenn das Getreide aus dem Boden aufspross und für das Brot der Menschen und für das nächste Saatgut geerntet wurde, wurde das Mädchen von ihren Eltern genommen und ihre Jungfräulichkeit „getötet", um neues Leben hervorzubringen. Und wenn ein Mensch starb, wurde er in der Erde begraben, um im mystischen Sinn am Zyklus der Erneuerung des Lebens teilzunehmen. Das war die Botschaft von Eleusis: Aus jedem Grab kam neues Leben – für die Initianden gab es „gute Hoffnung" für eine glanzvolle Unsterblichkeit im Leben im Jenseits.

Eleusis – der Ort der glücklichen Ankunft – und das Leben im Jenseits, im Elysium, dem griechischen Paradies in der Unterwelt, wo gesegnete Seelen nach dem Tode lebten. Im Elysium herrschte Persephone. Sie stieg hinab, wenn das Korn in die Erde gelegt wurde, und hinauf, wenn das Getreide reifte. Das junge Mädchen stirbt und wird dann erwachsen. Parallel dazu stirbt der Körper beim Tod, aber die Seele lebt weiter.

Die Mutter erleidet den Verlust der Tochter, und die Natur liegt brach. Viele Menschen erleben diese Zeit als eine Zeit der Niedergeschlagenheit, und ihre Lebenskräfte kommen mit dem Erwachen der Natur und der Fruchtbarkeit wieder zurück. Demeters Lebenskräfte kehren wieder, als sie von Baubo/Iambe zum Lachen gebracht wird. Das Lachen befreit sie und weckt ihre Fruchtbarkeit und Kreativität wieder. Hier zeigt sie sich erneut in ihrer Göttlichkeit.

Die Demeter-AnhängerInnen durften in den Tempel hinein, um die „heiligen Dinge" (hiera) zu sehen. Der Wächter der cista mystica, die die hiera enthielt, war der Hierophant selbst, der bei Eintritt in den Kult einen anderen Namen erhielt.

Der Demeter-Kult sorgte nicht nur für einen organisierten Ablauf in der Landwirtschaft, sondern auch für die Bedürfnisse der Seelen der Menschen. Dies geschah mit Hilfe der Mystik, die Teil und Inhalt der Feste und Riten war, wie weiter oben gerade beschrieben wurde. Demeter brachte das Getreide für die Entstehung einer Zivilisation und die Mystik für die Seele.

Über den Ursprung des Mythos – Vorgriechische Zeit – Die Thesmophorien

Im Jahr 2001 entdeckte der ägyptische Archäologe Professor Fekri Hassan (London University) mögliche Hintergründe für die Entstehung des Demeter-Mythos. Ägypten war von großer Bedeutung für den Mittelmeerraum. Herodot führt die Ursprünge der Mysterienrituale auf Ägypten zurück. Was finden wir dort? In Ägypten ist der Nil von essentieller Wichtigkeit. An seinen Ufern, die jährlich überflutet und mit Schlamm gedüngt werden, wuchs Getreide, die Grundlage der ägyptischen Nahrung und damit auch der Dynastien. Von jeher war Ägypten eine Kornkammer, und die Menschen dort waren in der Kunst des Ackerbaus bewandert.

Neueste Forschungen ergaben, dass es um 2200 v.u.Z. eine 20 bis 30 Jahre andauernde Trockenheit gegeben haben muss, die zum Untergang des ersten ägyptischen Großreiches (Das Alte Reich, 3. – 6. Dynastie, Bau der Pyramiden von Gizeh; etwa 2610 – 2150 v.u.Z.) führte. Es handelte sich um eine weitreichende Klimaveränderung, die derartig wütete, dass sogar der Qarunsee der Oase Faijum austrocknete. Dieser See wird schon in den ältesten ägyptischen Schriften erwähnt, und auch heute führt er Wasser und ist immerhin 65 Meter tief. Anhand von Sauerstoffuntersuchungen der Stalaktiten und Stalagmiten in einer israelischen Höhle von vor 4200 Jahren wurde festgestellt, dass es um 2200 v.u.Z. ca. 20 % weniger Niederschläge gegeben haben muss. Um diese Ergebnisse zu bestätigen, suchte Professor Fekri Hassan nach den Sedimenten im Qarunsee aus dieser Zeit. Was er fand, war höchst erstaunlich: Statt der erwarteten Sedimentschichten entdeckte er, dass es gar keine Schichten aus dieser Zeit in dem See gibt. Die einzig mögliche Schlussfolgerung besteht darin, dass der See ausgetrocknet gewesen sein muss und die Sedimente von der Witterung abgetragen worden waren. So extrem war die Trockenheit gewesen, dass ein 65 Meter tiefer See austrocknete! In den ägyptischen Schriften wird von Hungersnot, raubenden und mordenden Volksgruppen erzählt, und auch davon, dass Familien ihre Kinder aßen und die Pest ausbrach.

Später gab es nochmals eine Dürrezeit, die allerdings nur zwei Jahre andauerte (971 – 972). Die ausbleibenden Hochwasser des Nils brachten 600.000 Menschen Hunger und Tod in der Region um die damalige Hauptstadt Fustat. Es lässt sich nun ausmalen, welche Auswirkungen eine Trockenheit von 20 – 30 Jahren gehabt haben mag.

Möglicherweise hat also der Demeter-Mythos seinen Anfang damals in der Dürrekatastrophe am Nil um die Jahre 2200 – 2150 v.u.Z. genommen und ist in veränderter und ergänzter Form über die Jahrhunderte und Jahrtausende zu dem geworden, was uns heute noch bekannt ist. Die Ägypter waren auf den Handel mit den Minoern und den Kykladiten angewiesen, weil das Harz für die Einbalsamierung der Toten für ihren Totenkult aus den Pinienwäldern Attikas und Kretas kam. Sicherlich brachten die Handelsschiffe einiges an Erzählungen von Ägypten nach Kreta und Mykene, wie Herodot kommentiert. Einiges aus diesen Erzählungen werden die Kreter und Mykener nicht verstanden haben, da sie die Rituale und Dinge nicht selbst gesehen oder erlebt hatten. Aber auch die Seefahrer werden nur fragmenthaft wiedergegeben haben können, was sie gesehen hatten.

Kam es so zu den widersprüchlichen Ausführungen in den Thesmophorien, was den Aufstieg und den Abstieg betrifft? Beim Lesen der Literatur zum Thema Demeter stieß ich auf unterschiedliche Reihenfolgen bei den verschiedenen Schilderungen der Rituale, die während der Thesmophorien durchgeführt wurden. Die Thesmophorien waren das am weitesten verbreitete Demeterfest und existierten bereits lange vor den Großen Mysterien in Eleusis. Sie wurden während der Aussaat im Herbst in ganz Griechenland veranstaltet. Während des Festes führten die Frauen magische Zeremonien durch, die eine gute Ernte sichern sollten. Am Anfang des Sommers waren am Fest der Skirophorien mehrere Ferkel in großen Erdmulden vergraben oder in Erdspalten geworfen worden, die an den Thesmophorien wieder herausgeholt wurden. Das verwesende Fleisch wurde auf Altären mit Getreide vermischt. Damit wurde die Göttin gebeten, den Feldern Fruchtbarkeit zu verleihen.
Es wird manchmal vom Aufstieg und Abstieg gesprochen, dann wieder vom Abstieg und Aufstieg. Das Letztere leuchtet mir ein: Frau steigt hinab in die Erdmulde oder Erdspalte, um die Überreste der Schweine zu holen, und wieder hinauf, um sie heraufzubringen. Aber was bedeutet erst Aufstieg und dann Abstieg? Aus einigen Erläuterungen geht hervor, dass der Altarraum in Eleusis tiefer gelegen war, so dass frau vielleicht zuerst einen Berg hinaufsteigen musste, auf dem die Tempelanlage stand, bevor sie in den Altarraum, das Telestrion, hinab konnte. Oder gab es einen unterirdischen Tempel? Es war mir nicht klar, bis ich auf den Nil stieß. Dort war das Steigen und Fallen des Hochwassers im Juli jeden Jahres ausschlaggebend über Leben und Tod und damit von äußerster Wichtigkeit für die Ägypter. Sicherlich kam dies auch in

deren Ritualen und Mysterien vor. Irgendwie gelangte dieser Teil dann auch nach Kreta etc., wo frau jedoch nicht mehr nachvollziehen konnte, was es damit auf sich hatte. Folgendes kann frau heute darüber in der Encyclopaedia Britannica 1999 lesen:

„Es ist wahrscheinlich anzunehmen, dass der erste Tag **ascent** (*anodos*) und **descent** (*kathodos*) genannt wurde, und annehmbar, ihn mit dem bekannten Ritus in Verbindung zu bringen, der zu irgendeiner Zeit während des Festes durchgeführt wurde. Es wurden Schweine in einen unterirdischen Raum geworfen, der megaron genannt wurde. Sie wurden dort gelassen, bis die Teile von ihnen, die nicht von Wächterschlangen gefressen worden waren, Zeit hatten, zu verrotten. Die Überreste wurden dann von Frauen herauf gebracht, die drei Tage lang keusch geblieben waren. Diese Frauen, oder einige der Teilnehmenden, trugen auch bestimmte wohlbekannte Symbole der Fruchtbarkeit, einschließlich Pinienzapfen und Figuren aus Teig in Form von Schlangen und Männern. Die Überreste der Schweine wurden auf einen Altar gelegt, und wenn die Frauen diese mit Samen mischten, glaubte man, sie sicherten eine gute Ernte. Anscheinend wurden die Figuren, wie die Schweine, auch in die Abgründe geworfen. Alle diese Gegenstände stehen in Zusammenhang mit der Fruchtbarkeit; das Mischen von allen möglichen magischen Dingen mit Samen, um sie besser sprießen zu lassen, ist eine weit verbreitete Sitte. In archaischen Zeiten erklärte man es so, dass diese Dinge im Gedenken an die Entführung von Kore (Persephone) getan wurden, im Gedenken an die Tochter der Demeter, aber wahrscheinlich sind die Legenden aus dem Ritual entstanden, das heute nicht mehr verständlich ist." (Encyclopaedia Britannica, Übersetzung von Christine Icken)

Ganz klar: zuerst ascent, dann descent, erst Aufstieg und dann Abstieg. Möglicherweise hatte der Nil seine Pflicht nicht erfüllt, war lange Zeit nicht über die Ufer getreten und hatte damit schwerwiegende Katastrophen ausgelöst. Der ägyptische Einfluss auf die Mythen im griechischen Raum ist bekannt. Der Isis-Kult in Ägypten war der sanfte Aspekt in der ägyptischen Religion, was die Menschen in Griechenland anzog. Die wohlwollenden und sanften Riten der göttlichen Wiedergeburt hatte die Völker im Mittelmeerraum womöglich dazu bewogen, die alte „Große Mutter" aufleben zu lassen. Sie war von den Männern Griechenlands schon verdrängt und durch Zeus, Poseidon, Apollon, Dionysos etc. ersetzt worden, die sich inzwischen auf der Erde etablierten.

Eine derart übermächtige Situation wie die einer katastrophalen Dürre forderte eine übermächtige Gestalt: Die „Große Göttin" hatte sich wieder gezeigt und forderte ihren Tribut, den sie in Form der Mysterienkulte in Eleusis und an vielen weiteren Orten in der griechischen Welt erhielt.

Da wir es mit einem Zeitraum von ca. 2000 Jahren zu tun haben, veränderte sich der Kult selbstverständlich, und vor allem entwickelte er sich weiter und passte sich den gegebenen politischen und gesellschaftlichen Umständen sowie auch den klimatischen Bedingungen an. Natürlich gab es auch in Griechenland wiederholt Dürre- und Hungerszeiten, wie z.B. im 8. Jh. v.u.Z. Überhaupt ist Trockenheit ein Thema, das in Griechenland und den umgebenden Gebieten wohl bekannt ist. Daher ist es gut nachzuvollziehen, dass Dürrezeiten Anstoß zum Bilden von Legenden und Mythen geben.

Eleusis, der wichtigste Ort des Demeter-Kults, war bereits in der mittel-helladischen oder minoischen Altpalast-Zeit (1900 – 1600 v.u.Z.) bewohnt. Dies wird von Überresten einer Siedlung bezeugt, die an den Hängen der östlichsten Erhebung einer Kette niedriger Felsenhügel im Südwesten der Thriasischen Ebene nahe der eleusinischen Bucht gefunden wurden.

Aus der spät-helladischen oder minoischen Neu- und Nachpalast-Zeit (1580 – 1100 v.u.Z.) gibt es noch Reste verschiedener, zeitlich aufeinander folgender Siedlungen auf der Kuppe und an den Hängen dieses Hügels. Eine dieser Siedlungen aus der Zeit um 1500 – 1425 v.u.Z. scheint der Sitz des mythischen Königs Keleos gewesen zu sein. Der homerische Demeter-Hymnus, der hier überliefert wurde, erwähnt, dass unter der Herrschaft des Keleos der erste Demeter-Tempel errichtet und das Heiligtum von Eleusis gegründet wurde. Wenn frau die Ausgrabungsstätte in Eleusis, heute Elefsina, besucht, so kann sie das Megaron B genannte Gebäude als diesen Tempel identifizieren. Er steht in der Nähe der Nordostecke des Telestrions, das später freigelegt wurde (siehe auch Skizzenplan). Hier stand schon der erste Anaktoron, das Heiligste des Heiligen. Der Ort, an dem die „heiligen Dinge" aufbewahrt wurden. Auch in späteren Zeiten blieb das Anaktoron immer innerhalb des Telestrions, der weiterhin an eben der Stelle gebaut wurde, wo das erste Megaron B gestanden hatte. Die AnhängerInnen des Demeter-Kults durften diesen Bereich des Tempels betreten. Das Telestrion war der Tempel der Demeter.

Das Königreich des Keleos umfasste die Thriasische Ebene und dehnte sich zwischen der Bucht von Eleusis und den Gebirgen Kithäron, Parnes und Ägaleon aus. Da die Stadt Eleusis an der strategisch wichtigen Straße lag, die Attika mit der Peloponnes und Böotien mit Nordgriechenland verbindet, führte dies zu Konflikten mit den benachbarten Königreichen, hauptsächlich mit Athen. Unter dem mythischen König Athens, Erechtheus, erreichten die Auseinandersetzungen ihren Höhepunkt. Eleusis wurde dabei von den Thrakern unter dem Eumolpiden Immarados unterstützt. Eleusis wurde besiegt, und in der Schlacht fielen Erechtheus und Immarados. Anscheinend blieben die Eumolpiden jedoch nach dem Krieg in Eleusis und erhielten das Privileg, bei den dortigen Wettspielen den Hierophant, den höchsten Oberpriester der Demeter-Mysterien, aus ihrer Sippe zu stellen. Nach weiteren Jahren der politischen Unruhe und des Kampfes wurde das Schicksal Eleusis' unter der Herrschaft des ebenfalls mythischen Königs Theseus besiegelt: Eleusis musste sich zusammen mit neuen anderen Stadtstaaten Athen unterwerfen. Immerhin durfte Eleusis das Vorrecht behalten, die Mysterien durchzuführen. Attika und Eleusis blieben Endes des 12. Jahrhunderts v.u.Z., als die dorischen Stämme in Griechenland einwanderten, anscheinend von Katastrophen verschont.

Abb. 1: Ort, wo das Telestrion im Tempelbezirk von Eleusis stand

43

In der darauf folgenden geometrischen Zeit (1100 – 700 v.u.Z.) war Eleusis weiterhin bewohnt, und das mykenische Megaron B diente immer noch dem Demeterkult. Am Ende dieser Periode (760 v.u.Z., dem Jahr der 5. Olympiade), grassierte eine Hungersnot in Griechenland, und es wurde der delphische Orakelspruch befolgt. Man versuchte, mit der Durchführung von Fest- und Opferhandlungen Demeter gütig zu stimmen und dazu zu bewegen, der Not ein Ende zu machen. In dieser Zeit wurde der Weihbezirk, der nun außer einem Gebäude für die mystischen Handlungen, dem Telestrion, auch ein Heiligtum des Pluton umfasste, mit einer großen Mauer umgeben.

Aus diesen Entwickungen lässt sich der Schluss ziehen, dass der eleusinische Kult damals in ganz Griechenland an Bedeutung gewann.
632 v.u.Z. versuchte Kylon, die Herrschaft über Athen an sich zu reißen, und Eleusis konnte noch einmal für einige Jahre seine Unabhängigkeit zurückgewinnen.

Griechische Blütezeit – Die Eleusinischen Mysterien

Von den vielen verschiedenen Demeter-Festen, die im gesamten griechischen Raum in Form von Fruchtbarkeitsriten gefeiert wurden, waren die Eleusinischen Mysterien die bedeutendsten. Die Eleusinischen Mysterien wurden vor 600 v.u.Z. nur in Eleusis gefeiert, einer Stadt ca. 20 km von Athen entfernt. Anfangs war diese Form des Demeter-Kults örtlich beschränkt und enthielt die politische Komponente, dass der gesamte Stamm eingeweiht wurde, und nicht einzelne Personen. Die Teilnahme an den Mysterien machte einen Menschen zum vollen Mitglied der städtischen Körperschaft.

Um 600 v.u.Z., zur Zeit Solons, des Gesetzgebers, wurde Eleusis wieder von Athen annektiert und dadurch ein Teil des Städtebundes der griechischen Stadtstaaten. Zu diesem Zeitpunkt ging die politische Bedeutung der Einweihung verloren, sie wurde ein ausschließlich religiöses Ereignis. Per Gesetz wurden die Eleusinischen Mysterien nun zu den Athener Kultveranstaltungen gerechnet. Es waren alle AthenerInnen zugelassen, und bald durften auch alle Griechinnen und Griechen teilnehmen, so dass die Mysterien einen „internationalen" Charakter bekamen. Athen war eine große Stadt mit einer differenzierten Kultur geworden, die jeder individuellen Person reichliche Auswahlmöglichkeiten der Lebensführung bot, was auch die Religion einschloss.

Im Heiligtum von Eleusis wurde jetzt ein neues Telestrion, das Soloneion, errichtet, das an der Ost- und Südseite von einem großen Hof für die verschiedenen Kulthandlungen zu Ehren der Göttinnen umgeben war. Der Weihbezirk wurde erweitert, und die Mysterien wurden durch eine größere Umfassungsmauer vor den Uneingeweihten geschützt.

Zur Zeit der Herrschaft des Tyrannen Peisistratos und dessen Familie in Athen (550 – 510 v.u.Z.) wurde die Abhängigkeit der Stadt Eleusis von Athen besiegelt, das Heiligtum erfuhr jedoch einen großen Aufschwung und gelangte zu pan-hellenischem Ruhm. Das Soloneion konnte die Menge der Eingeweihten nicht mehr aufnehmen. Deshalb wurde ein neuartiges, monumentales Telestrion entworfen. Anstatt der alten, langgestreckten Form des zur Aufnahme des Kultgebildes bestimmten Tempels wurde ein quadratischer Säulensaal errichtet, in dem die Gläubigen die mystischen Handlungen verfolgen konnten. Heiligtum und Stadt wurden von neuen starken Mauern umgeben, und Eleusis diente Athen als vorgelagerte Festung. Der Haupteingang, durch den man in den Weihbezirk und zu den heiligen eleusinischen Stätten gelangte – Kallicho-ros-Brunnen, Plutoneion, „Fels der Tränen" – wurde nach Norden in Richtung Athen verlegt. Möglicherweise wurde das Heiligtum im Jahr 479 v.u.Z. in den Perserkriegen von den Soldaten des Xerxes und des Mardonios zerstört. Danach wurde der Bau eines neuen, allerdings unvollendet gebliebenen Telestrions begonnen und das Heiligtum im Nordosten durch einen mauergeschützten Nebenbereich erweitert. Diese Bauten wurden dem Staatsmann Kimon zugeschrieben und in der Zeit zwischen der Schlacht von Plataiai und der Verbannung Komons (479 – 461 v.u.Z.) durchgeführt.

In der zweiten Hälfte des 5. Jahrhunderts wurde das Heiligtum, anscheinend nach dem Bauprogramm des Perikles, vervollständigt und ein neues prächtiges Telestrion errichtet sowie die Umfassungsmauer und damit der heilige Bezirk im Nordosten erweitert.

Im Peloponnesischen Krieg (431 – 404 v.u.Z.) respektierten die Feinde Athens die Integrität des Heiligtums von Eleusis.

Während des Athener Bürgerkrieges (404 – 403 v.u.Z.) erwarb Eleusis noch einmal seine Unabhängigkeit von Athen zurück, als die dreißig Tyrannen und ihre Anhänger ins Heiligtum flüchteten und sich dort verschanzten. Nach dem Sturz der Dreißig wurde Eleusis allerdings wieder Mitglied des Attischen Bundes.

In der zweiten Hälfte des 4. Jahrhunderts gewann Athen seine verlorene Macht zurück. Nun verstärkte sich auch die Bautätigkeit im eleusinischen Heiligtum. Der Hof um das Telestrion wurde nach Süden hin erweitert und dadurch dieser Abschnitt der perikleischen Befestigungsmauer unbrauchbar gemacht. Zum Schutz des Südhofes wurde jetzt die so genannte lykurgische Umfassungsmauer errichtet (ca. 360 v.u.Z.), und das Heiligtum im Westen durch die ebenfalls nach Lykurg benannte Zwischenmauer begrenzt. An die Ostseite des Telestrions wurde eine Vorhalle, die Stoa des Architekten Philon, angebaut und das Plutoneion aus der Zeit des Peisistratos durch ein neues ersetzt.

In der hellenistischen Zeit, der Epoche, in der die Nachfolger Alexanders des Großen regierten, war im Heiligtum eine makedonische Wache stationiert. Um dem Diadochen (Feldherren Alexanders des Großen, die sich nach seinem Tod bekämpften und sein Reich unter sich teilten) Demetrios Poliorketes die Möglichkeit zu verschaffen, innerhalb eines einzigen Tages zum Mysten zu werden, änderte man die festgelegten Einweihungsriten.

In der Blütezeit Griechenlands (Klassische Periode, ca. 500 – 404 v.u.Z.), bis zur Zeit des Hellenismus entwickelten sich die Eleusinischen Mysterien zu den glänzendsten Festen des gesamten griechischen Kulturraums. Tausende von Menschen kamen jährlich zu den Großen Mysterien, die im Herbst stattfanden und neun Tage andauerten. An 55 Tagen um die Festtage herrschte Waffenruhe in dieser von kriegerischen Zwischenfällen so heimgesuchten Gegend.

Was genau trug sich nun während dieser neun Tage zu? Dies festzustellen, ist gar nicht so einfach. Leider existieren nur wenige Beschreibungen aus der Zeit, und speziell die christlichen sind verunglimpfend. Außerdem war es bei äußerst scharfer Bestrafung verboten, die Geheimnisse der Mysterien weiterzugeben. Auf Reliefs, Statuen, Malereien etc. findet frau Dinge wie z.B. Demeter- und Persephone-Abbildungen, Triptolemos, Ähren, Zepter, Rahmentrommeln als Kultinstrumente. Hauptquellen sind griechische und römische Geschichtsschreiber, die Homerische Hymne auf Demeter, in der der Hauptbestandteil des Mythos beschrieben wird, nämlich der Verlust der Tochter, die Suche der Mutter nach der verloren gegangenen Tochter und die Vereinigung beider in einer glücklichen Beziehung, nachdem die Mutter Zeus die Tochter erfolgreich wieder abgerungen hatte, allerdings nur für die Hälfte bzw. ein Drittel jedes Jahres.

Um diesen Mythos rankte sich das gesamte Fest, er wurde szenisch mit Kostümen aufgeführt. Des Weiteren gab es einen Prozessionszug von Athen nach Eleusis und zurück, an dem die Baubo mit ihren Scherzen auftrat. Zuschauer am Wegesrand riefen den Prozessierenden Neckereien zu.

In der Tempelanlage selbst fanden Reinigungsrituale statt, es wurde gefastet, aber auch gefeiert und gut gegessen und getrunken. Im Kernstück des Tempels, dem Telestrion, inszenierte frau eine wohl recht gruselige Atmosphäre, um das Element der Ekstase und religiösen Verzückung erfahrbar zu machen. Inwieweit dazu auch halluzinogene Getränke und/oder Speisen eingesetzt wurden, bleibt ein Rätsel. Sicherlich gab es kräuterkundige Menschen, die sich solcher Mittel bedienen konnten. An dem heiligen Trank kann frau erkennen, dass die Riten der Großen Mysterien andere als die der Jahreszeiten-Feste waren. Zwei Hauptmerkmale einer religiösen Zeremonie waren die Heilige Hochzeit und die Geburt des Kindes. Beides kam bei den Großen Mysterien vor.

Im Eleusis vom 5. Jh. v.u.Z. an hatte sich das ehemalige Fruchtbarkeitsfest zu einer vergeistigten religiösen Zeremonie auf höchstem Niveau entwickelt. Der Tempelkomplex wurde auf Staatsebene verwaltet und genoss größte Anerkennung.

Abb. 2: Eingang zum Hades im Tempelbezirk von Eleusis

Als geistige Elemente kamen der Einweihungstod und die Auferstehung vor. Während der „ekstatischen" Phasen des Festes spielten ein großes Feuer bzw. Licht, Dunkelheit, Schrecken und dann die Auflösung eine tragende Rolle. Die Initianden durchlebten eine Art Katharsis, und frau sagte, dass alle diejenigen, die an dieser Einweihung teilnahmen, danach keine Angst mehr vor dem Tod hatten und ein besseres Leben leben konnten.

Römische Zeit des Demeter-Kults

In der römischen Kaiserzeit erreichte das eleusinische Heiligtum seine letzte Blüte. Die Kaiser Hadrian (117 – 138), Antonius Pius (138 – 161) und Marcus Aurelius (161 – 180) verliehen dem Heiligtum durch Festtore und die Großen und Kleinen Propyläen noch größere Pracht. Nun wurde das Recht, sich in die Mysterien einweihen zu lassen, auf alle Bürger des Kaiserreiches ausgedehnt.

Im Jahr 170 fiel das barbarische Volk der Kostoboken ein und fügte dem Heiligtum starke Beschädigungen zu, die danach jedoch wieder behoben werden konnten.

Als sich das Christentum ausbreitete und allmählich zur herrschenden Religion wurde, begann die sich Bedeutung der Demeter-Mysterien zu verringern. 379 wurden die antiken Kulte von Theodosius I., Kaiser des oströmischen Reichs, verboten, und die einfallenden Westgoten unter Alarich legten 395 das Heiligtum in Trümmer.

Unter Kaiser Justinian wurden die Befestigungsmauern des Weihbezirks wieder aufgerichtet und als Bollwerk gegen die anstürmenden barbarischen Völker aus dem Norden benutzt.

Im Freiheitskampf gegen die Türken im Jahr 1821 diente der Bereich der Truppe des Karaiskakis als Lager.

Anfang des 19. Jahrhunderts wurden die ersten Ausgrabungen des Weihbezirks durchgeführt. Seit 1882 legt die Griechische Archäologische Gesellschaft das Heiligtum systematisch frei.

Abb. 3: Eleusis heute, Tempelbezirk, im Hintergrund die Stadt Elefsina

Auch nach der Blütezeit Griechenlands, als römische Machthaber die damalige Welt beherrschten, blieben die Eleusinischen Mysterien weiterhin als jährliches Fest in Eleusis bestehen. Die Frau Kaiser Hadrians wurde als „Neue Demeter" verehrt, Hadrian selbst ließ sich im Jahr 125 unserer Zeitrechnung in die Mysterien einweihen, wie auch Marc Aurel (121 – 180), Philosoph und römischer Kaiser. Ein hochgebildeter römischer Staatsmann wie Cicero (106 – 43 v.u.Z.), der auch Redner und Schriftsteller war, schrieb an seinen Freund Titus Pomponius Atticus, dass sein (Titus`) Athen viele hervorragende und göttliche Dinge geschaffen und in das Menschenleben eingeführt habe; doch nichts ginge ihm über jene Mysterien, durch die sie aus „bäuerlichem und rohem Leben zur Menschenbildung gezähmt und veredelt worden sind. Einweihungen heißen sie, und wir sind in der Tat durch sie in die Grundsätze des Lebens eingeweiht worden, wir haben durch sie nicht nur mit Freude zu leben, sondern auch mit einer besseren Hoffnung zu sterben gelernt." (Franz Baumer, Der Kult der Großen Mutter) Nach Baumer würdigte auch noch Plutarch (römischer Historiker und Philosoph, ca. 46 – 120) die befreiende Wirkung der Mysterien.

Bei Clement von Alexandria, einem christlichen Kirchenvater, der um 250 in Alexandria lebte, das nach Alexander dem Großen ein bedeutender Ort der hellenistischen Welt war, treten die ersten Verunglimpfungen zu Tage. Clement war römischer Bürger und lebte als Kirchenführer in der christlichen Gemeinde in Alexandria, Ägypten. Interessanterweise gab es in Alexandria einen Bereich, der „Distrikt von Eleusis" hieß. Dort könnte Clement vielleicht die Mythen und Rituale des Alexandrinischen Eleusis erlebt haben, oder er könnte aus zweiter Hand von ihnen erfahren haben, weil es keine Gesetze der Geheimhaltung für die Mysterien von Alexandria gab. In seinem Werk „Ermahnung der Griechen" geht er vehement gegen verschiedene heidnische Riten vor, einschließlich der Demeter-Mysterien. Nach Jennifer Reif nennt Clement die Feste der Demeter „gottlose Legenden und tödliche Dämonenverehrung". Über die Demeter-Mysterien gibt Clement an, dass jene, die Demeter huldigen, „mit Fackeln die Vergewaltigung der Tochter und das traurige Umherwandern der Mutter feiern". Er konzentriert sich in seinen ersten Diskussionen über die griechischen Mysterien auf Ideen wie die „lasziven Orgien der Aphrodite". Sein Bericht über den Demeter-Mythos endet an der Stelle, als Baubo „ihre heiligen Teile (entblößt) und sie der Göttin zur Schau (stellt)". Demeter schiene das zu gefallen und sie trinke mit.

Der Höhepunkt der Mysterien bestand aus dem Herausnehmen und Zeigen von heiligen Gegenständen aus einer Kiste. Es gab viele christliche Spekulationen darüber, was sich in dem Korb befand, symbolisch oder sonst wie. „Es durfte nur in Andeutungen darüber gesprochen werden, was sich abspielte, und davon standen Demeters Finden und Zusammenkommen mit Persephone in Eleusis im Mittelpunkt. Es waren nur die christlichen Autoren, die diese Regeln missachteten, und während ihre Zeugenaussagen von ihnen selbst beeinflusst waren, beschreibt ein gnostischer Autor den Höhepunkt der Zeremonie als das schweigende Abschneiden einer Kornähre." (Baring/Cashford, The Myth of the Goddess; Übersetzung von Christine Icken)

Asterius, Bischof von Amaseia, empfindet Ende des 4. Jh. nur echtes christliches Entsetzen für die heilige Hochzeit als dem krönenden Ritual der Mysterien:

„Wird dort nicht der Abstieg in die Dunkelheit vorgeführt, die bewunderte Zusammenkunft des Hierophant mit der Priesterin, nur er und sie allein? Werden nicht die Fackeln gelöscht und wird nicht die breite und zahllose Schar glauben, dass das, was die zwei in der Dunkelheit taten, ihre Erlösung sei? (Anne Baring/Jules Cashford, The Myth of the Goddess; Übersetzung von Christine Icken)"

Der christliche Schreiber Theophrastus verbietet die Mysterien im vierten Jahrhundert.

Clement von Alexandria stellt keine Verbindung zwischen Landwirtschaft, der Göttlichkeit der Erde und dem Mythos der Demeter und Persephone her.

Das Ende der Eleusinischen Mysterien kam mit dem Westgotenkönig Alarich (um 370 – 410), der das Heiligtum plünderte. Kurz darauf verbot der byzantinische Kaiser Theodosius II. (401 – 450) jegliche Mysterien in seinem Kampf gegen die „heidnischen" Religionen.

Abb. 4: Stein mit Kornähren, Rosette und Spendegefäß, Eleusis

3. Kapitel

Die Problematik, ohne Vorurteile über das patriarchale Gottesbild in Christentum und Judentum zu sprechen

Beim Lesen der Literatur zum Thema Demeter, Göttin und weibliche Spiritualität waren auch einige Werke der deutschen feministischen Theologie dabei. Dort fand ich Äußerungen, die Teil der Diskussion über Anti-Judaismus in der feministischen Theologie sind. Dabei wird versucht, die Gründe dafür, dass das Patriarchat sich derart durchsetzen konnte, der jüdischen Religion zuzuschreiben. Einige jüdische Frauen machten sich die Mühe, darauf zu antworten, und es ist traurig, dass es nötig war, dass sie sich verteidigen mussten. Alice Schwarzer brachte einen Artikel in der „Emma" vom Dezember 1988: „Ermordeten die Juden die Göttin?" Susannah Heschel, Tochter des bekannten orthodoxen Rabbi Abraham Heschel, antwortete in derselben Ausgabe von „Emma", Heft 12 vom Dezember 1988. Inzwischen ist sie Dr. der Religionsphilosophie und leitende Professorin für Jüdische Studien am Dartmouth College. 1998 veröffentlichte sie ihr Buch „Abraham Geiger and the Jewish Jesus", für das sie den Preis ‚National Jewish Book Award' bekam und 2000 die Auszeichnung ‚World Union for Progressive Judaism Award'. Das Buch erschien auf Deutsch unter dem Titel „Der jüdische Jesus und das Christentum" und sie erhielt 2002 dafür den Abraham-Geiger-Preis. Abraham Geiger ist ein großer Vordenker des liberalen Judentums. Die Debatte führte dazu, dass manche deutsche feministische Theologinnen ihre Aussagen bezüglich der jüdischen Wurzeln des Patriarchats zurücknahmen. Es machte mich froh, dass es doch einige deutsche Frauen gab (und gibt?), die sich dieser anti-jüdischen oder anti-judaistischen Tendenzen bewusst sind und dagegen angehen, wie z.B. Dorothee Sölle, Elisabeth Moltmann-Wendel u.a. Ich finde es hoch anerkennenswert, wenn Frauen wie Judith Plaskow, Reformrabbinerin aus New York und Professorin für Religionswissenschaften, und weitere Rabbinerinnen sich dennoch dafür einsetzen, dass Frauen ihren feministischen Ansatz gegenseitig kennen lernen müssen und gemeinsam an die Aufgabe gehen, nun ihre Form von Religion/Spiritualität zu entwickeln, aufzuschreiben, zu diskutieren. Im Reformjudentum gibt es feministische Bestrebungen, alte frauenbezogene Rituale wiederzubeleben. Für Jüdinnen gibt es in ihrer Religion etwas zu entdecken und auch weiterzuentwickeln. Seit mehr als zehn Jahren bilden jüdische Reformgemeinden Gruppen, in denen solche Rituale Bestandteil sind.

Abb. 5: Stein mit drei Menorahs in Korinth

Die alten matriarchalen Gesänge, das Hohelied Salomos, sind in der hebräischen Bibel erhalten geblieben und werden bis heute im Judentum verwendet. Hier sind Reste aus der Zeit vor dem Patriarchat auf wunderbare Weise vorhanden. Auch ein Teil der Bibel, wie wir sie heute noch kennen. Wem ist denn überhaupt bekannt, dass es sich hier um alte Überlieferungen aus der Zeit der Göttinnen handelt? Sie sind ein Teil der Geschichte des Volkes und dementsprechend dokumentationswürdig. Wir können von Glück sagen, dass sie erhalten geblieben sind! Auch Geist (bei uns ‚der Geist') ist im Hebräischen weiblich, Gott – obwohl in der Tradition überwiegend in der männlichen Form angesprochen – nicht unabdingbar männlich.

In der Zeit Salomos wurde die Blutrache abgeschafft, die im griechischen Raum noch lange weiterbestehen sollte. Das so genannte Talionsgesetz – Auge um Auge, Zahn um Zahn – besagt, dass eine angemessen bewertete Entschädigung in Form von Wertgegenständen als Sühne vom Schuldigen entrichtet werden musste. Dies wurde vor über 4000 Jahren vom „jüdischen" Gott festgelegt. Im Mittelalter interpretierte die christliche Rechtsprechung das Talionsgesetz (Gleiches mit Gleichem vergelten) so, dass ein Mord mit der Todesstrafe geahndet wurde, wogegen die jüdische Rechsprechung dies völlig ablehnte. Dort wurde für jede Tat eine entsprechende „Wert"-Sühne eingesetzt, die entweder in Geld oder anderen Wertgegenständen bestand. Mehr darüber kann frau wunderbar in dem Buch „Was ist koscher? Jüdischer Glaube – jüdisches Leben" von Paul Spiegel nachlesen, und auch Gisela Hommel gibt eine sehr schöne Einführung in die grundlegenden Aspekte des des heutigen Judentums in „Erster Blick aufs Judentum".

Im Judentum gibt es Ansatzpunkte für die Weiterentwicklung der Frauen. Sie beklagen (wie es auch die Christinnen tun) die lange Zeit, in der die Männer die dominante Rolle innehatten. Die lange Zeit, in der sie schweigen mussten und in der sie vom Mann definiert wurden. Sie waren die „Andere", während der Mann die Norm darstellte, wie es auch Simone de Beauvoir in „Das andere Geschlecht" beschreibt. Judith Plaskow setzt sich intensiv damit auseinander, und frau kann diese Entwicklung z.B. in ihrem Buch „Standing Again at Sinai", das sie 1990 schrieb, nachvollziehen. In „Und wieder stehen wir am Sinai" (deutscher Titel) kommt zum Ausdruck, dass damals nicht nur die Männer Israels am Sinai standen, aus der Sklaverei in die Freiheit und Unabhängigkeit gezogen waren, sondern auch die Frauen, das ganze Volk stand dort am Sinai. Und damit sind auch die Frauen verpflichtet, am religiösen und öffentlichen bzw. politischen Leben teilzunehmen und ihren Anteil dazu beizutragen. Frauen stehen vor der Aufgabe, nach der Zeit des Schweigens selbst aktiv zu werden.

In der christlichen Theologie fällt es schwer, sich einen Gott vorzustellen, der nicht nur männlich ist. Schließlich ist er Vater eines Sohnes – Jesus –, außerdem bilden Gottvater, Gottsohn und der Heilige Geist eine heilige Drei-Männlichkeit. Wo ist der weibliche Aspekt?

Einfluss aus dem griechischen Kulturraum

In der orphischen Tradition gab es den Begriff der Erbsünde. Diese Geheimlehre im alten Griechenland kam aus Thrakien im äußersten Nordosten Griechenlands, angrenzend an die Türkei, und war eine Bewegung um das fünfte Jh. v.u.Z. Priester reisten umher und boten Lehre und Einweihung an, die auf der Legende und Doktrin basierte, die von Orpheus gegründet worden sein soll. Es gab Zeremonien für einzelne Personen mit einem tiefen religiösen Verlangen. Teil des orphischen Rituals soll das mimische Darstellen oder die tatsächliche Verstümmelung eines Individuums gewesen sein, das den Gott Dionysos darstellte, der dann als wiedergeboren angesehen wurde. Sie wurden nach dem griechischen Held Orpheus benannt, der übermenschliche musikalische Kräfte hatte und der Autor von heiligen Schriften sein soll, die ‚die orphischen Rhapsodien' hießen und die Themen Reinigung und Leben nach dem Tode enthielten. Es ist möglich, ein übliches Muster für diese Einweihungen von einzelnen Personen zu rekonstruieren, obwohl nie eine orphische „Kirche" existierte. Die Doktrinen der kleinen Gemeinschaften unterschieden sich auch sehr.

Viele Orphiker schienen einen ausgeprägten Sinn von Schuld und Sünde zu haben. Sie glaubten an einen göttlichen Teil im Menschen, die Seele, aber diese war im Körper des Menschen gefangen. Die Aufgabe bestand darin, die Seele vom Körper zu befreien, was durch ein orphisch geführtes Leben möglich war: Unter anderem waren Fleisch, Wein und Geschlechtsverkehr verboten. Nach dem Tod würde die Seele gerichtet werden. Hat der Mensch als Gerechter gelebt, würde seine Seele in die Wiesen des gesegneten Elysium eingehen. Hat er schlechte Taten verübt, würde seine Seele bestraft und vielleicht in die Hölle geschickt. Nach einer Zeit der Belohnung oder Bestrafung würde die Seele in einem neuen Körper wiedergeboren. Nur eine Seele, die drei fromme Leben gelebt hatte, konnte sich von dem Zyklus der Wiedergeburt befreien. Die orphische Eschatologie legte großen Wert auf Belohnung und Bestrafung nach dem physischen Tod. Durch das Sterben wurde die Seele befreit, um ihr wahres Leben zu erlangen. Hier wird demnach Leib und Seele getrennt behandelt.

Im vierten Jh. v.u.Z. wandelte sich die Vorstellung von der Seele, und man begann, die Seele als die normale umhergehende Persönlichkeit anzusehen, dem Sitz von Charakter und Intelligenz, „nach deren Tugend wir alle weise oder dumm genannt werden, gut oder böse" (Sokrates bei Plato). Der Begriff der Seele erscheint erstmals bei Autoren, von denen man wusste, dass sie von Sokrates beeinflusst waren. Die Seele *ist* der Mensch. (Encyclopaedia Britannica, zusammengefasst von der Autorin)

Irgendwie habe ich das Gefühl, dass der lange Mittelteil der homerischen Hymne, der von Demeters fehlgeschlagenem Vorhaben handelt, den Königssohn von Eleusis unsterblich zu machen, sich im Christentum verwirklicht hat. Die Macht der Göttin im Matriarchat beruhte darauf, dass die Mutter sowohl weibliches als auch männliches Leben schafft. Im Christentum ist der Sohn unsterblich, Gott, geworden. Jesus, der Sohn, wird Christus und Gott. Vielleicht war die Bürgerschaft von Eleusis nicht von den immer stärker werdenden männlichen griechischen Göttern eingenommen und setzte eine Mutter-Tochter-betonte Mystik durch. Endlich steht einmal eine Mutter-Tochter-Beziehung im Vordergrund! Wie viele Mädchen fragen sich doch, wenn Gott einen Sohn hat, hat er nicht auch eine Tochter? Und wo und wer ist sie?

Im antiken Griechenland ist der Übergang vom Matriarchat ins Patriarchat besonders gut zu erkennen, und das Patriarchat prägte sich dort in starkem Maße aus. Im letzten Teil der Orestie schreibt Aischylos von der Mutter als Amme, die den frisch gesetzten Keim nur hütet. Allein der Zeuger ist der Befruchter, sie „hütet Anvertrautes nur". Der Kenntnisstand über die biologischen Geheimnisse der Befruchtung war anscheinend der, dass die Frau nun kein eigenes Zutun mehr bei der Erschaffung der Kinder hatte. Sie war lediglich das Gefäß, in dem das Kind heranwuchs. Ein deutlicher Machtverlust, der dann in den Erzählungen von z.B. Klytämnestra und Orest offenbar wurde. Im Matriarchat wäre die Mutterlinie niemals angegriffen worden, ohne dass dafür scharf bestraft worden wäre. Klytämnestra wurde von ihrem Sohn Orest ermordet, ohne dass dieser Tat große moralische Verwerflichkeit vorgeworfen wurde. Orest sagt bei Aischylos: „... Seht weiterhin, ihr Zeugen dieser bösen Tat (der Vater Agamemnon war von zwei Tyrannen erschlagen worden; ein Komplott von Agamemnons Frau Klytämnestra, weil die Tochter für günstigen Wind für die Reise gegen Troja geopfert worden war und die Männer viele Jahre einen Krieg führten, den die Frauen nicht guthießen), das Werkzeug hier, das meinen armen Vater band, die Hände und die Füße ihm in Fesseln schlug! ... damit der Vater – nicht meiner, nein, der all dies wahrnimmt, Helios – die Freveltaten meiner Mutter klar erkennt und mir dereinst am Tage des Gerichts bestätigt, dass ich den Muttermord mit vollem Recht beging ... Die Frau jedoch, die solchen Gräuel gegen d e n ersann, von dem sie Kinder unterm Herzen trug, die einst sie liebten, jetzt nur hassen, wie der Mord beweist – was scheint sie euch? Ein Meeraal? Eine Otter? Berührung schon, kein Biss, lässt ihre Opfer faulen, kraft ihrer Frechheit, ihrer Ungerechtigkeit!" (Aischylos, die Orestie, Dichtung der Antike)

Hier trat dann die Göttin Athene in Form der griechischen Gerichtsbarkeit auf den Plan. Es wurde in Griechenland ein Neuanfang gemacht. Der Übergang von den Göttersagen zur menschlichen Ordnung fand statt. Orest wurde die Strafe für den Muttermord erlassen und durfte weiterleben, ohne für seinen Mord zur Rechenschaft gezogen zu werden. Dies wäre vorher undenkbar gewesen.

Die Einführung der Gerichtsbarkeit (um 600 v.u.Z. durch z.B. Solon, den Gesetzgeber) und damit das Ende der Blutrache ist ein großer Fortschritt. Auf dem Haus der Atriden, dem mykenischen Herrschergeschlecht, hatte seit alters her ein Fluch gelegen, der immer wieder die Blutrache erforderte. Ein Vergehen gegen jemand anderes erforderte immer ein Blutopfer, ein Menschenleben. Dies wurde durch die neuen Gesetze abgelöst. Leider ging dieser große Fortschritt unserer europäischen Zivilisation auf Kosten der Frauen. Denn genau hier wurde der Einschnitt gemacht: Der ungesühnte Muttermord bildet den Einschnitt und den Ausgangspunkt in die Gesetzlichkeit.

Die Frau wurde mit der Zeit restlos aus ihrer Machtposition verdrängt und zu einer politisch und religiös bedeutungslosen Randfigur degradiert. Die patriarchale Entwicklung fand stark ausgeprägt im griechischen Kulturraum statt.

Bei Barbara Walker finden wir Folgendes bezogen auf Demeter:

Das hebräische Wort für die heilige Kornähre ist *Schibboleth*. In archaischen Zeiten wurde sie in den Tempeln der Astarte (der biblischen Aschtoreth) ausgestellt. Auf dem Höhepunkt der Fruchtbarkeitsriten zu Ehren der Göttin wurde die Schibboleth gezeigt. Nach der Einweihung in den höchsten Grad der Eleusinischen Mysterien wurde „eine schweigend geerntete Kornähre als großes, bewundernswertes und überaus vollkommenes Objekt mystischer Kontemplation" zur Schau gestellt. Die Ähre, meist eine Weizen- oder Gerstenähre, symbolisierte die Göttin Demeter zusammen mit dem Delphin als Herrin der Erde und des Meeres, die Brot und Fische in Hülle und Fülle gewährt. Die Evangelienschreiber kopierten ihr alljährliches Wunder, und diese beiden Attribute wurden später von den Freimaurern übernommen, bei denen die Schibboleth so vorkam: „Eine Kornähre neben einem Wasserfall" (Barbara Walker, Die geheimen Symbole der Frauen, S. 155f).

Die Ähre als Symbol für Korn und Brot ist verständlich, und im vergeistigten Sinne auch – „wir leben nicht vom Brot allein ...“

Die Rahmentrommel in der Kunst

Ein weiteres Beispiel für den Übergang vom Matriarchat zum Patriarchat drängte sich mir bei der Betrachtung vieler Bilder der griechischen Priesterinnen mit der Rahmentrommel, die bei den Eleusinischen Mysterien eine tragende Rolle spielten, auf. Meist halten die Priesterinnen die runde Trommel in Augenhöhe, mal seitlich. Auf einer Abbildung hängt sie an der Decke, manchmal steht eine Priesterin hinter einer anderen Gestalt, so dass die Trommel in Kopfhöhe der vorderen Person kommt.

Ist hier die runde Form der Rahmentrommel entfremdet weiterverwendet worden? Oder taucht die runde Form des Vollmonds auf? Oder der goldgelbe, runde und heilige Dreschplatz der Demeter? Der Heiligenschein dort, wo früher die Rahmentrommel war? *Halos* ist das griechische Wort für „Dreschboden". Bei den Eleusinischen Mysterien wurden während des Festes Haloa Kreistänze auf dem Dreschboden getanzt. Auf Englisch findet frau *halo* für „Heiligenschein". Die alte Kulthandlung des Tanzens heiliger Kreistänze zu Ehren der Demeter verschwand. An ihre Stelle trat der Haloa, der Heiligenschein, das Sinnbild für Erleuchtung in der christlichen Lehre.

Natürlich versuchten die frühen Christen und später auch Künstler, Gotteserfahrungen in eine bildhafte Form zu bringen, die sicherlich nichts oder kaum etwas mit den gerade erwähnten Dingen zu tun hatten, nämlich Kreistänzen auf dem Dreschplatz. Manche Werke der sakralen Kunst gehören zu den schönen Dingen, die unsere Zivilisation hervorbrachte. Dennoch drängten sich mir Parallelen bei der Verwendung von Form und Farbe auf, die ich kaum noch übersehen konnte. Was versuchten die christlichen Künstler darzustellen?

Abb. 6: Madonna mit Heiligenschein, Filippo Lippi, um 1406 – 1469

Nach der Zerstörung von Eleusis durch christliche Goten verschwand auch die Handtrommel. Es wirkt direkt plastisch: Eines der Machtinstrumente, mit der die Priesterinnen die Rituale leiteten, bei denen die Musik eine entscheidende Rolle spielte, wurde den Frauen aus der Hand genommen. Die Handtrommel wurde durch den Heiligenschein ersetzt; entrückt, vergeistigt und körperlos. Von einem körperlich-geistigen Kult blieb ein vom Körper losgelöstes, vergeistigtes Symbol übrig.

Vor allem in der griechisch-orthodoxen und russischen Ikonenmalerei kann frau es deutlich erkennen.

Eine Übergangsphase ist klar bei der Demeter-Statue mit dem Zepter in der rechten und dem Ährenkranz in der linken Hand zu sehen (wie auch auf der Homepage des EU-Projekts „Demeter"): Sie hat schon solch einen Kreis um den Kopf. (Auch bei ägyptischen Pharaonen galten Hirtenstab und Dreschflegel in den Händen als Attribute für göttliche Macht.) Von einem Fruchtbarkeitsritus aus archaischen Zeiten zu einer vergeistigten religiösen Demeter-Kulthandlung kam es zu einer im Christentum überhöhten und leibfeindlichen reinen Vergeistigung. Die negativen, christlichen, körperfeindlichen Entwicklungen mussten die Frauen ertragen. Statt Einheit von Körper und Geist entstand ein feindliches Gegeneinander zwischen Körper und Geist. „Die Kirche lehrte, dass Frauen kein Vergnügen haben sollen, ..." (Barbara Walker). Das eine tun und das andere nicht lassen, müsste eher die Devise sein. Das Zölibat ist heutzutage ja auch zunehmender Kritik ausgesetzt. Und zu einer geregelten Bevölkerungsdichte hat es ja auch nicht geführt – eher im Gegenteil, die Erde birst schier aufgrund eines explodierenden Bevölkerungswachstums.

Wo Demeter in der Maria zu entdecken ist

Im Lexikon der Kunst, Band IV 1992, E.A. Seimann Verlag, Leipzig, wird die „Maria im Ährenkleid" beschrieben: als jugendliche Tempelfrau in dunkelblauem Kleid, mit goldbestickten Ähren besetzt, mit lang herabfallendem Gürtel und aufgelöstem blonden Haar. In mittelalterlichen Darstellungen wird Maria durch eine symbolisch-allegorische Darstellung verherrlicht und auf ihre jungfräuliche Empfängnis verwiesen. Auf einem Tafelbild von 1430 ist sie auf einer Blumenwiese von Engeln umgeben, die ihr im Tempel dienten. Dasselbe Bild wie das der Blumenwiese, auf der Persephone und ihre Freundinnen spielen, bevor Hades kommt und Persephone entführt. Beide, Demeter sowie Maria, werden mit demselben Attribut, der Ähre, abgebildet und in Verbindung gebracht.

In Sterzing in Südtirol gibt es eine Abbildung der Maria im Ährenkleid von ca. 1450 mit folgendem Kommentar: „vom antiken Demeter-Mythos, wo die Ähre als Sinnbild der Fruchtbarkeit erscheint".
Die Bedeutung von Bethlehem ist im Übrigen „Haus des Brotes" – auch hier der Bezug zum Korn, allerdings dem verarbeiteten. Demeter wurde nur die unverarbeitete Frucht bzw. Feldfrucht wie das Getreide und vieles mehr zugeordnet.
Wie geschah die Übernahme der mächtigen Göttin Demeter ins Christentum?
Die Ausübung der Macht der Göttin sieht frau im Folgenden schön beschrieben:

„Das große, 2,20 Meter hohe und 1,55 Meter breite Weiherelief aus der Zeit um 450 – 445 v.Chr. zeigt den nackten, nur mit einer um die Schulter geworfenen Chlamys und Sandalen bekleideten Triptolemos, wie er den Segen der Korngöttin empfängt, die ihn hoch überragt. Majestätisch steht sie vor dem Königssohn im dorischen Peplos, dem schweren, reich drapierten Obergewand, die Rechte segnend erhoben, in der Linken das Zepter haltend. In gleicher Größe, ein Bild jugendlicher Anmut, schaut Kore mit der Fackel auf Triptolemos herab.

Man entdeckte das religiöse Kunstwerk 1859 in der Kirche des hl. Zacharias auf dem Platz von Eleusis. Es war von den Christen als Türschwelle benutzt worden, glücklicherweise mit der reliefierten Seite nach unten. Heute steht es im Nationalmuseum von Athen, ein Abguss wird im Museum von Eleusis innerhalb der antiken Ausgrabungsstätte gezeigt. Dort ist auch das älteste aus Eleusis erhaltene Bild der Demeter mit Kore zu sehen, ein 78 cm hohes und 56 cm breites Relief, dessen Entstehung in die Jahre 480 – 475 v.Chr. datiert wird. Die schön gestaltete thronende Göttin ist ähnlich bekleidet wie auf dem großen Weihebild. In der Linken hält sie wieder das Zepter, in der Rechten aber drei Kornähren. Vor ihr steht die Tochter, in jeder Hand eine brennende Fackel – Symbole der Wiederkehr aus dem Dunkel der Unterwelt.

Kornähren, groß und sorgsam herausgemeißelt, schmücken auch den am Boden liegenden und zusammengesetzten dorischen Fries der ehemaligen Kleinen Propyläen. Sie führten in den innersten Tempelbezirk. Die Ähre: Gleichnis für das ewige Stirb und Werde, Hoffnung auf Wiedergeburt." (Franz Baumer, Der Kult der Großen Mutter)

Wo ist diese so eindrücklich beschriebene, Macht ausübende weibliche Gestalt in der christlichen Religion geblieben? Was ich aber noch viel drängender wissen möchte: Was bezwecken christliche Theologen damit, alte, ganz eindeutige Symbole wie die Ähre mit dem Leib des Herrn im Abendmahl, was dem Brot des Lebens gleichkommt, zu besetzen?

Im Reallexikon der deutschen Kunstgeschichte heißt es: „Auf Altar- und Kommuniontüchern gelten sie zusammen mit Trauben und Rebzweigen, dem Symbol für das Blut Christi, als Symbol für den Leib des Herrn im Abendmahl. Dieselbe Bedeutung haben die Ähren in einzelnen spätgotischen Schmerzensfrauen-Darstellungen, wo sie neben Reben aus Christi Wunden heraussprießen und Hostien tragen. Im Barock und im 18. Jh. werden die Ähren auch als Sinnbild für die Auferstehung des Fleisches gebraucht, oft in Verbindung mit einem Totenschädel, aus dem sie hervorwachsen. Wenn Grabsteine wie der in Kirchdorf eine geknickte Ähre zeigen, wird man die Ähre als Sinnbild des irdischen Lebens aufzufassen haben." (Reallexikon der deutschen Kunstgeschichte). Hier wird die Ähre im Christentum überfrachtet.

Die Auferstehung des Fleisches – in der Zeit, als die Ägypter ihre Mumien anfertigten, ließen sie das Herz im Körper der Mumie zurück. Sie glaubten, dass das Herz das Organ zum Denken war, und wenn der Mensch auferstand, würde er in eben diesem mumifizierten Körper weiterleben, wozu das Herz unabdingbar notwendig war. Alle anderen Organe wurden entfernt und eine Flüssigkeit in die Hohlräume gegeben, um die Mumie so haltbar wie möglich zu machen. Hier ist die Vorstellung eines Lebens nach dem Tode äußerst plastisch vorhanden.

In einem Tübinger Gutachten zur feministischen Theologie, das im Auftrag der württembergischen Landeskirche erstellt wurde, wird von einer Theologin festgestellt, dass jeder Versuch, vom Glauben an „Gott den Vater" her einen Vorrang von Männern oder eine patriarchale Gesellschaftsordnung zu begründen, von den feministischen Theologinnen zu Recht kritisiert werde. Die Bedeutung des Vaternamens im Alten Testament weise auf Gottes Barmherzigkeit und Liebe hin. Die Theologin kritisiert zugleich aber das Ersetzen männlicher Gottessymbole durch weibliche. Damit würden feministische Theologinnen die Gottesvorstellung „resexualisieren". Ursache dafür sei das „Verlangen nach einer weiblichen Identifikationsfigur". Die Erlösung des Menschen sei aber nach dem Bekenntnis des christlichen Glaubens nicht in der männlichen oder weiblichen „Persönlichkeit" Jesu von Nazareth begründet, sondern in seinem Tod und seiner Auferstehung als „Ereignis der Liebe Gottes." (aus: Artikel von Ruth Ahl in: Publik-Forum, Nr. 25, 14. Dez. 1990/S. 27 – 30, Jungfrau, Mutter, weise Alte).
Offenkundlich stellt es ein Problem dar, Frauen einen spirituellen Bereich zuzugestehen, der von anderen Dingen als sexuellen erfüllt ist. Männer beanspruchen diesen Bereich völlig für sich. Sobald Frauen sich zum Thema Spiritualität äußern, eigene Vorstellungen und Wünsche artikulieren, was die weibliche Begriffsbildung bei der Gottesvorstellung betrifft, kommt von Männern deren Vorstellung von Sexualität zur Sprache.

Abb. 7: Apparition de Notre-Dame des trois epis, Musée des Trois Epis
Erscheinung der Muttergottes mit drei Ähren in der linken Hand

4. Kapitel

Demeter heute

– In der Landwirtschaft

Heute kann frau Demeter in der Landwirtschaft entdecken: Einer der ökologischen Anbauverbände trägt den Namen Demeter. Rudolf Steiner begründete zu Anfang des 20. Jahrhunderts die Lehre der Anthroposophie und hielt dabei auch einige Vorträge über die Landwirtschaft. Daraus entwickelte sich eine eigene Landwirtschaftsform mit besonderen Richtlinien, die sich die biologisch-dynamische Anbauweise nennt. Die Erde wird dabei dahingehend geschützt, insofern als keine Chemikalien verwendet werden dürfen, Kreisläufe von Pflanze, Tier und Mensch berücksichtigt werden und vieles andere mehr. Der Charakter der Erdgöttin der Mythologie hat sich hier erhalten.

– In EU-Projekten

In einem anderen Rahmen wird dieser Aspekt in einem EU-Projekt sichtbar, das Demeter heißt und auch mit Landwirtschaft zu tun hat. Demeter steht hier für „Development of an European Multimodel Ensemble system for seasonal to interannual prediction". Es wird von der EU gefördert, es gibt eine DEMETER-Homepage, die im Internet unter www.ecmwf.int/research/demeter/ aufgesucht werden kann. Auf der ersten Seite ist eine griechische Statue mit den Attributen der Demeter abgebildet: in der rechten Hand hält sie das Zepter, in der linken den Ährenkranz.

– Der Demeter-Archetyp in Psychologie und Theologie

Die Dreiheit wird in der Persephone/Kore sichtbar, dem jungen Mädchen, dem neuen Mond, dann der Demeter selbst, der reifen Frau, dem vollen Mond, und der Hekate, der reifen Frau und Greisin, dem schwarzen Mond. Franz Baumer sagt dazu: „In der Dreiheit der Großen Mutter, die mit den Phasen des neuen, vollen und schwarzen Mondes als junges Mädchen, reifer Frau und Greisin den ewigen Wandel von Werden-Sein-Vergehen bewirkt, offenbart sich zum ersten Mal das religionsgeschichtlich so bedeutsame Mysterium der Dreifaltigkeit.

Die matriarchale Triade ist ein archetypisches Bild, das in der christlichen Trinität von Gottvater, Gottsohn und Heiliger Geist weiterlebt." Im altgriechischen Mutterrecht stellen die drei Furien oder Erinnyen eines der ältesten Bilder dar: das der Dreifachen Göttin, die diejenigen bestraft, die ihre Gesetze übertreten. Sie waren älter als die Götter und hielten sich als Überreste des matriarchalen Zeitalters an keinerlei patriarchale Erbfolge, sondern straften Verstöße gegen Verwandte in der mütterlichen Linie.

Interessant ist hier die Tatsache, dass im Jahre 594 v.u.Z. das bürgerliche Recht (Privatrecht) auf dreiseitigen drehbaren hölzernen Säulen aufgezeichnet wurde, auf deren Beachtung die Bürgerschaft vereidigt wurde (Ploetz, Der farbige Ploetz). Dies war eine von mehreren Neuheiten, die Solon, der Gesetzgeber, als soziale Neuordnung einführte, was die Voraussetzung für Athens Entwicklung zur Demokratie bildete. Auch hier ist die Dreiheit noch zu erkennen, aber schon ohne die Personifizierung mit Demeter.

Was auffällt, ist, dass bei der Repräsentation des Männlichen in der christlichen Trinität der Mann sowie der Junge sich wiederfinden können. Söhne sind sie alle, Väter die meisten in ihrem Leben. Geschichten vom jungen Jesus gibt es im Neuen Testament, und auch bekannte, wie z.B. die Geschichte vom zwölfjährigen Jesus, wie er im Tempel mit den Rabbinern diskutiert. Als Baby wird er oft auf dem Schoß seiner Mutter Maria abgebildet.

Der weibliche Aspekt ist in der Maria verkörpert. Diese jedoch ist die Mutter, eine Übermutter, Beschützerin, andererseits die junge unerfahrene Frau. Aber sicherlich kein Mädchen. Ich kenne auch keine biblische Geschichte, in der Mädchen vorkommen. Die Frau kommt nur als Erwachsene vor, und wo kann sich ein Mädchen repräsentiert fühlen?

Meiner Meinung nach ist es wichtig für die Entwicklung eines gesunden Selbstverständnisses und Selbstbewusstseins, sich auch in den religiösen Schriften und Texten wiederzufinden. Für Mädchen ist dieser Prozess heutzutage noch erschwert. Dies zeigt sich sowohl in der Sprache als auch in der traditionellen christlichen Religionsausübung. Beides ist von männlichen Bildern bzw. Vorbildern und Wörtern geprägt. Dadurch, dass es an Vorbildern für Mädchen mangelt, wird ihnen eine volle, gleichberechtigte Entwicklung erschwert. Es ist das Besondere, wenn es einzelnen von ihnen gelingt. Obgleich es heute auch mehr sind als früher.

Es ist beinahe beschämend, dass es doch ein Mann ist, der die Vision für die Entwicklung der Frauen so treffend in Worte fassen kann. Dennoch bin ich froh, dass es in der Kunst gelingt, gedankliche Schranken zu durchbrechen und gesellschaftliche Barrieren zu überwinden. Rilke drückt auf wunderbare Weise das aus, was sich der emanzipierte Mann von einer Frau erhofft. In „Briefe an einen jungen Dichter" schreibt er wie folgt:

„Wir kommen ja doch eben erst dazu, das Verhältnis eines einzelnen Menschen zu einem zweiten Einzelnen vorurteilslos und sachlich zu betrachten, und unsere Versuche, solche Beziehung zu leben, haben kein Vorbild vor sich. Und doch ist in dem Wandel der Zeit schon manches, das unserer zaghaften Anfängerschaft helfen will.

Das Mädchen und die Frau, in ihrer neuen, eigenen Entfaltung, werden nur vorübergehend Nachahmer männlicher Unart und Art und Wiederholer männlicher Berufe sein. Nach der Unsicherheit solcher Übergänge wird sich zeigen, dass die Frauen durch die Fülle und den Wechsel jener (oft lächerlichen) Verkleidungen nur gegangen sind, um ihr eigenstes Wesen von den entstellenden Einflüssen des anderen Geschlechtes zu reinigen. Die Frauen, in denen unmittelbarer, fruchtbarer und vertrauensvoller das Leben verweilt und wohnt, müssen ja im Grunde reifere Menschen geworden sein, menschlichere Menschen, als der leichte, durch die Schwere keiner leiblichen Frucht unter die Oberfläche des Lebens herabgezogene Mann, der, dünkelhaft und hastig, unterschätzt, was er zu lieben meint. Dieses in Schmerzen und Erniedrigungen ausgetragene Menschentum der Frau wird dann, wenn sie die Konventionen der Nur-Weiblichkeit in den Verwandlungen ihres äußeren Standes abgestreift haben wird, zutage treten, und die Männer, die es heute noch nicht kommen fühlen, werden davon überrascht und geschlagen werden. Eines Tages (wofür jetzt, zumal in den nordischen Ländern, schon zuverlässige Zeichen sprechen und leuchten), eines Tages wird das Mädchen da sein und die Frau, deren Name nicht mehr nur einen Gegensatz zum Männlichen bedeuten wird, sondern etwas für sich, etwas, wobei man an keine Ergänzung und Grenze denkt, nur an Leben und Dasein – der weibliche Mensch."

Für mich offenbart sich hier ein Mensch, der alle Stadien und Reifeprozesse in seinem Leben durchlaufen hat, die sich ein Psychotherapeut wie C.G. Jung nur wünschen kann. Manchmal denke ich, Rilke war das lebendige Beispiel für das, was Jung in seinen theoretischen und praktischen Arbeiten schuf und ausübte.

An einer Stelle geht Rilke dennoch über Jung noch hinaus, und zwar dann, wenn er sich nicht vom männlichen Geist begrenzen lässt, sondern den weiblichen Menschen meint, für sich und als aus sich selbst definiertes Ganzes. Kein von Männern definiertes weibliches Wesen, sondern eines, das selbst definiert. In der matriarchalen Dreiheit, wie sie heute in den Phasen der Frau als Vergangenheit (die ‚Vergehende‘), als Gegenwart (die ‚Gegenwärtige‘) und als Zukunft (die ’Werdende‘) vorkommen und in der Demeter als Erdgöttin zwischen dem Unterweltscharakter und dem Himmlischen vermittelt, verbindet sie als Gegenwart die Vergangenheit mit der Zukunft. Hier setzt C.G. Jung an und sagt, das männliche Prinzip des Geistes fehle der Frau. Ohne Entwicklung des männlichen Logos kann auch der weibliche Archetypus nicht ganzheitlich bewusst gemacht werden. C.G. Jung irrt hier – Geist ist weiblich. Logos und Intellekt sind ebenso eine weibliche wie männliche Eigenschaft, und Frauen sind sehr wohl fähig, sich ihren Archetypus bewusst zu machen.

Bei Theodora Jenny-Kappers finden wir folgende Ausführungen: „Der Archetyp des Weiblichen ist, wie wir schon vorher sahen, im protestantischen Christentum ganz in den Hintergrund gedrängt worden, während er im Katholizismus in der Gestalt der Maria wenigstens teilweise noch erhalten ist, aber ihre dunklen, erdhaften Züge sind auch dort in Verdrängung geraten. Die evangelischen Frauen haben es ungleich schwerer als ihre katholischen Schwestern, ein neues weibliches Leitbild in der Theologie und in der Kirche zu finden. Die katholischen Frauen sind aufgewachsen mit dem inneren Bild der Muttergottes und der weiblichen Heiligen – immerhin bedurfte es ja einer Frau, damit der Erlöser geboren wurde. Kein Erlöser kann je geboren werden ohne göttliche Mutter. Es genügt nicht, dass er einen Vater hat. Das irrationale weibliche Prinzip muss sich mitbeteiligen, in geistiger Mütterlichkeit, wenn eine Kultur sich in der Tiefe erneuern soll. Ohne dies ist keine ganzheitliche Erneuerung möglich. Sie muss Pflegerin der geistigen Werte sein."
Es taucht nur ein irrationales weibliches Prinzip auf. Im Vergleich mit den Segnungen, die Demeter brachte, die als Gesetzgeberin, als Initiatorin der Gründung fester Wohnsitze, Erbauerin von Städten (und Begründerin des Ehe-

lebens) gilt, ein eher schmaler Anteil am Ganzen. Jahrhundertelang waren Frauen in der Bildung benachteiligt und der Zugang zu Universitäten war ihnen verwehrt. Schon Aristoteles behauptete mit männlicher Arroganz, die Gebärmutter der Frau sei wie ein Blumentopf, in den der Mann seinen Samen pflanzt. Leider hat sich diese negative Einstellung den Frauen gegenüber bei den Kirchenvätern fortgesetzt. Das Weibliche an sich wird abgelehnt, z.T. in krassesten Formen.

In der Mythologie ließ Demeter Fruchtbarkeit und Wachstum zur Erde zurückkehren, nachdem sie wieder mit ihrer Tochter vereint war. Sie schuf die Eleusinischen Mysterien, Ehrfurcht gebietende religiöse Zeremonien, die von den Eingeweihten nicht preisgegeben werden durften. Die Mysterien befähigten die Menschen, sich am Leben zu erfreuen und zu sterben, ohne den Tod fürchten zu müssen. Heutzutage scheint die Psychotherapie diese Aufgabe übernommen zu haben.

In der Vielzahl der weiblichen Figuren der griechischen Mythologie fanden weibliche Psychotherapeutinnen eine reiche Auswahl an Dramen, Tragödien, Beziehungsmustern als Modell für weibliche innere bzw. emotionale oder psychische Umstände, Zustände oder Lebensphasen. Auch die Psychologie als relativ neue Wissenschaft wurde anfangs von Männern dominiert. Jean Shinoda Bolen bildet ein erleichterndes Gegenbeispiel und entwickelte eine fundierte ‚Psychologie einer neuen Weiblichkeit‘. Sie spricht von den Göttinnen in jeder Frau, Göttinnen als innere Bilder, und dem Aktivieren der Göttinnen, wobei sie als Beispiel die griechischen Gestalten der Mythologie wählte. Hier gibt es zumindest eine größere Auswahl an verschiedenen Archetypen für Frauen, wobei der „Mütterliche“ nur einer unter anderen ist. Z.B. gibt es da noch Athene, Artemis, Hera, Aphrodite, um einige zu nennen. Die Ausgangsproblematik, die für alle Frauen erst mal gleich ist, besteht in dem Dilemma, dass die Große Göttin oder Große Mutter in unserer Vorstellung nicht mehr existiert. Die Frau – und damit auch ihre spirituellen Anteile – wurde gesellschaftlich jahrhundertelang in eine Nebenrolle gedrängt, was zu vielen psychologischen Symptomatiken und Problemen an sich führte und führt. Sehr viele Frauen litten und leiden unter dieser Situation, und immer mehr von ihnen sind dabei, diesem Leiden Abhilfe zu schaffen. Die Suche nach der Göttin hat begonnen und zeigt sich in vielerlei Hinsicht.

Demeter kommt bei Jean Shinoda Bolen und ihrer Psychologie der Status einer der verletzlichen Göttinnen zu. Sie wird beschrieben als diejenige, bei der sich der Fokus der Aufmerksamkeit auf andere Menschen richtet, nicht auf ein äußeres Ziel oder einen Seinszustand. Für Frauen ihres Typs ist ihre Motivation die Belohnung, die sie in einer Beziehung finden: Anerkennung, Liebe, Aufmerksamkeit sowie das Bedürfnis, nährend zu wirken. Auch das Aufgehen in einer ganz herkömmlichen Frauenrolle kann für diesen Typ Frau persönlich sinnvoll sein.

„Eine Demeter-Frau muss die Göttin immer wieder konfrontieren, wenn sie ihr Leben in die eigenen Hände nehmen will. Anstatt eines instinktiven Ja, der Demeter-Reaktion, muss sie in der Lage sein auszuwählen, wo und wem sie etwas geben will. Sie muss erkennen, dass sich der Demeter-Archetyp in ihr nicht für die realen Gegebenheiten ihres Lebens interessiert und sich nicht um eine Geburtenplanung kümmert.

Eine Demeter-Frau, die sich in eine grämende, depressive Demeter verwandelt, hat einen großen Verlust erlitten (z.B. Beziehung, ein Verhalten, eine Arbeitsstelle, ein Ideal – oder was auch immer es war, das ihrem Leben einen Sinn verlieh und nun nicht mehr vorhanden ist). Indem Demeter einen anderen Menschen liebte und sich um ihn kümmerte (Demophoon), konnte sie ihren Verlust überwinden. Überdies führte die Wiedervereinigung mit Persephone zu Demeters Genesung.

Metaphorisch gesprochen wird eine Depression beendet, wenn der Archetyp der Jugend zurückkehrt. Genau wie die Göttin Demeter kann die Demeter-Frau vielleicht akzeptieren, dass auch die Seele der Menschen verschiedene Jahreszeiten kennt. Eine solche Frau lernt, dass sie weiterleben kann, was auch immer geschehen mag, denn sie weiß, dass die sich verändernden menschlichen Erfahrungen einander genauso ablösen wie der Frühling den Winter ablöst." (Jean Shinoda Bolen, Göttinnen in jeder Frau)

Ich finde es tröstlich, von Jean Shinoda Bolen zu diesem Schluss geführt zu werden. Immerhin waren sowohl Demeter als auch Persephone im Mythos diejenigen, die der Gewalt der Männer ausgesetzt waren, ohne dass ihnen jemand in dieser Notlage geholfen hätte. Hades raubte die erschrockene Persephone gegen ihren Willen, und Demeter fühlte die ganze Qual der Mutter, die ihr Kind beschützen will und nicht kann. Aber sie macht sich auf die Suche, und wehe ihr, die Erde wird trocken und verwüstet. Und das so lange, bis sie ihre Tochter wieder hat. Nun begründet sie voll Dankbarkeit die Eleusinischen Mysterien.

– Im FRAUEN-GEDENK-LABYRINTH

Seit Anfang der 70er Jahre gab es im Rahmen der „neuen Frauenbewegung" zahlreiche Bemühungen, das mythologische und historische Erbe der Frauen zu erforschen, zu würdigen, einer breiten Öffentlichkeit bekannt zu machen und für die Entwicklung einer veränderten Zukunft zu nutzen. Künstlerisch umgesetzt wurden diese Gedanken z.B. durch das multimediale Kunstwerk „THE DINNER PARTY", das im Zeitraum zwischen 1974 – 1979 von der amerikanischen Künstlerin Judy Chicago und mehr als 400 Helferinnen sowie einigen Helfern geschaffen wurde. Das Kunstwerk in Form eines raumfüllenden Tisch-Dreiecks stellt ein Bankett dar, zu dem symbolisch 1038 Frauen aus Mythologie und Geschichte geladen wurden, unter ihnen als eine der bedeutenden Göttinnen DEMETER.

Abb. 8: THE DINNER PARTY
Gesamtkunstwerk von Judy Chicago

In der Auseinandersetzung mit THE DINNER PARTY entwickelte die Frankfurter Künstlerin, Tanzpädagogin und Frauenforscherin Dagmar von Garnier
zum ersten Mal den Gedanken, das große Gastmahl für unsere Vorfahrinnen
lebendig werden zu lassen: 1986 feierten viele hundert Frauen in der Alten
Oper Frankfurt „Das Fest der 1000 Frauen". Jede der Teilnehmenden hatte für

sich eine an der DINNER PARTY genannte Persönlichkeit gewählt, die sie im historischen Gewand repräsentierte. Dieses Geschichtsfest hatte eine enorme Wirkung in die Öffentlichkeit hinein: Ausgelöst durch das wachsende Interesse an den Frauen der Vergangenheit, entschloss sich die Leitung der Frankfurter Kunsthalle Schirn, THE DINNER PARTY im Jahr 1987 in Frankfurt auszustellen.

Das so entstandene Netzwerk um Dagmar von Garnier – als Initiatorin einer neuen, sehr persönlichen und dennoch weitreichenden und repräsentativen Form der Geschichtsforschung und -darstellung – sollte, wiederum durch ein Kunstwerk, wenn auch mit viel tieferen Wurzeln als THE DINNER PARTY, eine große Bereicherung erfahren.
Eine der Wurzeln: 1990 weihte eine Gruppe von Künstlerinnen in Zürich ein öffentliches, von Frauen betreutes Pflanzen-Labyrinth ein: Es verhalf damit einem jahrtausendealten Symbol zu neuer Geltung und Lebendigkeit: Das Labyrinth findct sich weltweit als spiralig gewundener Weg zur Mitte (ohne Sackgassen, das Labyrinth ist kein Irrgarten) und zurück zum Ausgang. Es wurde von jeher als Symbol für den menschlichen Lebensweg und die Suche nach Sinn und Zentrum gedeutet. Die Gestalt der griechischen Ariadne, die über den berühmten, rettenden „roten Faden" im Labyrinth verfügt, deutet darauf hin, dass Frauen das Geheimnis des Labyrinths zutiefst erfassten, Zugang und Ausgang ermöglichten, den Ort hüteten und pflegten. Das Züricher Labyrinth ist mittlerweile zu einer Einrichtung des öffentlichen Lebens geworden, das von der Züricher Bevölkerung bepflanzt und oft im Rahmen kultureller Veranstaltungen begangen wird.

Die anspruchsvolle Vision des Projektes „Labyrinth Zürich" (www.labyrinth-international.org): 133 von Frauen betreute Labyrinthe als öffentliche Orte der Begegnung, Kommunikation und Neuorientierung an 133 Plätzen in Deutschland, der Schweiz und Österreich. Diese Vision ist längst eingetreten, wie umfangreiche Karten öffentlicher und halböffentlicher Labyrinthe und eine Vielzahl von Buch- und Artikel-Veröffentlichungen zu diesem Thema beweisen.

Einen ganz besonderen Stellenwert nimmt jedoch das FRAUEN-GEDENK-LABYRINTH ein: Durch intensive Kontakte zu den Züricher Labyrinth-Frauen entstand in Dagmar von Garnier die Vision eines Labyrinthes, gelegt aus 1000 Steinen, von denen jeder ein Gedenkstein für eine mythologische oder historische Frau sein und als solcher von einer „Patin" gestiftet werden sollte. Wie in der Aufarbeitung der DINNER PARTY sollte wiederum jede „Patin" sich intensiv mit der historischen Frau auseinandersetzen, sie auf einem weiteren Fest – diesmal „Das Fest der 2000 Frauen: 1000 Frauen der Gegenwart ehren 1000 Frauen der Vergangenheit" – repräsentieren, ihren Namen und ihr Wirken je nach persönlichen Möglichkeiten in die Öffentlichkeit tragen. Beide Ansätze – das Kunstwerk und das Fest – wurden am 1. Juni 2000 Realität. Wiederum feierten viele historisch gekleidete Frauen in der Alten Oper Frankfurt und tauschten ihr Wissen aus.

Der Unterschied zum ersten Fest: Das Kunstwerk, das FRAUEN-GEDENK-LABYRINTH, war diesmal „anwesend", am Vorabend nach der Idee von Dagmar von Garnier ausgelegt von der Züricher Künstlerin und Ethnologin Agnes Barmettler, Schweiz. Noch waren die 1000 quadratischen Steine aus Rheinquarzit mit regenbogenfarbenen Tüchern verhüllt. Darunter: jeweils der Name einer historischen/mythologischen Frau, ihre Lebensdaten, ein Begriff, der ihr Lebenswerk oder ihre Ausstrahlung kurz umschrieb – und der Name der Patin, die diesen Gedenkstein gestiftet hatte. Noch waren auch nicht alle Steine graviert: Der Prozess, das FRAUEN-GEDENK-LABYRINTH vollständig mit Frauennamen zu füllen, wird noch Jahre in Anspruch nehmen, abhängig davon, wie viele Frauen sich entschließen, einer großen Vorfahrin der Vergangenheit einen solchen Gedenkstein zu widmen.

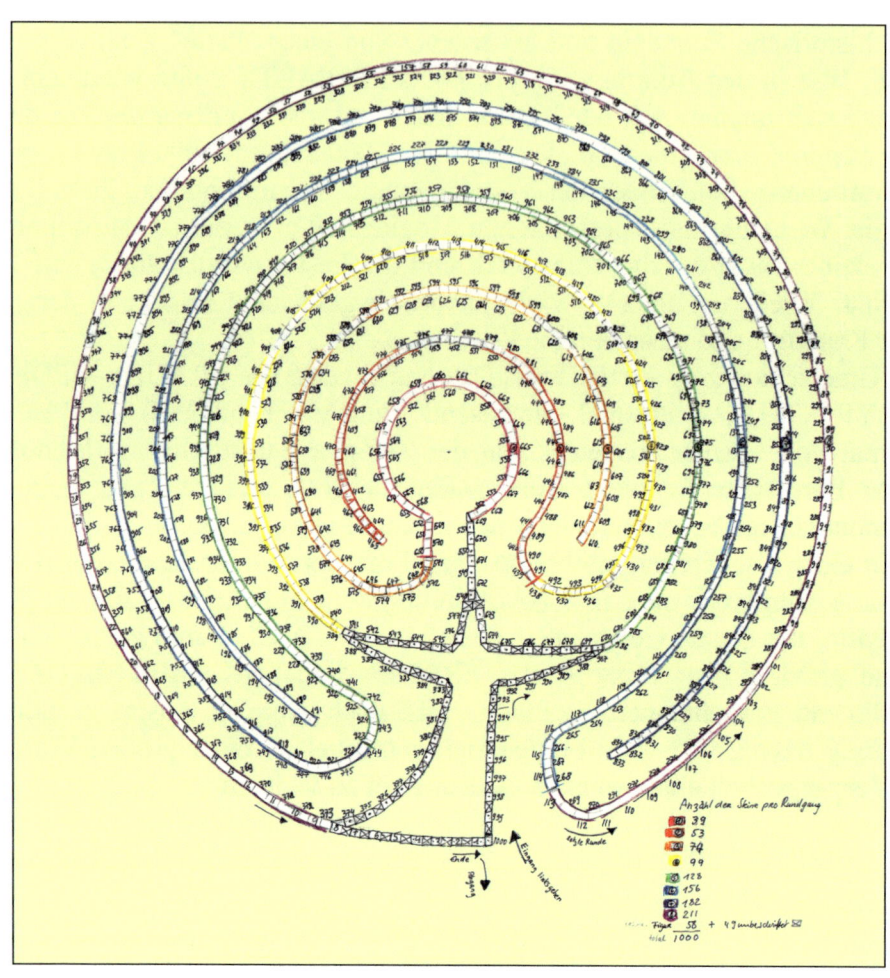

Abb. 9: Labyrinth-Plan von Agnes Barmettler
(mit freundlicher Genehmigung)

An diesem 1. Juni 2000 durchschritten jedenfalls 1000 Frauen – die Festteil-
nehmerinnen/Patinnen in historischen Gewändern sowie viele eigens angereis-
te Gastfrauen aus ganz Europa – begleitet durch ein Rhythmus-Orchester von
einer eigens komponierten Musik zum ersten Mal das FRAUEN-GEDENK-
LABYRINTH, enthüllten die Steine (dank der regenbogenfarbigen Tücher ein
wundervolles, bewegtes Bild für das Auge!) und übergaben das Labyrinth der
Öffentlichkeit:

Eine Woche voller Einzeldarstellungen historischer Frauen am Labyrinth, vieler interessanter Gespräche und intensiver Beteiligung der Öffentlichkeit folgten, bevor das Labyrinth, das als Wanderausstellung konzipiert ist, seine Reise durch die Städte antrat.

Bisher war es unter anderem zur Zeit der EXPO in Hannover zu sehen, danach in Nienburg/Weser, Wetzlar und Bielefeld, in Essen auf der Frauen-Messe Top „absolute woman", dazwischen mehrmals in Frankfurt. Wo immer das Kunstwerk hingelangt, weckt es vielschichtiges Interesse und Kreativität, ermuntert Frauen und Mädchen, ihrem Erbe und ihren Wurzeln nachzugehen und daraus ungeahnte Kräfte und Perspektiven für die Zukunft zu gewinnen. Das FRAUEN-GEDENK-LABYRINTH ist – anders als jedes Denkmal – in vieler Hinsicht lebendig und im Werden: Die bisher von den Gedenkstein-Patinnen zusammengestellten Katalog-Bände „Buch der 1000 Frauen – Das FRAUEN-GEDENK-LABYRINTH" Band 1 bis 3 (erschienen im Christel Göttert Verlag) geben in fesselnder Weise die Geschichte der im Labyrinth gewürdigten Frauen wieder und animieren jede Frau, selbst eine historische Frau von weitreichender Bedeutung zu wählen und ihr einen Platz im FRAUEN-GEDENK-LABYRINTH zu sichern. Je weiter dieses lebendige Geschichtswerk durch Deutschland und Europa wandert, umso mehr Frauen wird es aufnehmen, anziehen und ermutigen, umso vielfältiger wird das internationale Netzwerk, in das sich jede – ganz individuell, mit ihren Fähigkeiten, Interessen, Wünschen und Möglichkeiten – einbringen kann.

Die griechische Göttin DEMETER, ihre mythologische Tochter KORE/PERSEPHONE und eine Vielzahl weiterer starker Frauengestalten der Antike sind im FRAUEN-GEDENK-LABYRINTH gewürdigt. DEMETER hat mit einigen anderen besonders bedeutenden Frauen einen Ehrenplatz im Zentrum des Labyrinthes.

Informationsmaterial über das FRAUEN-GEDENK-LABYRINTH, die bereits darin geehrten Frauen sowie eine Vorschlagsliste für weitere Gedenksteine sind erhältlich über den von Dagmar von Garnier in Privatinitiative gegründeten Trägerverein:

Kunst- und Kulturverein „Das Erbe der Frauen" e.V.
Dagmar von Garnier
Schneckenhofstr. 33
60596 Frankfurt/M

Tel.: 069 / 61 25 78
Internet: www.frauen-gedenk-labyrinth.de

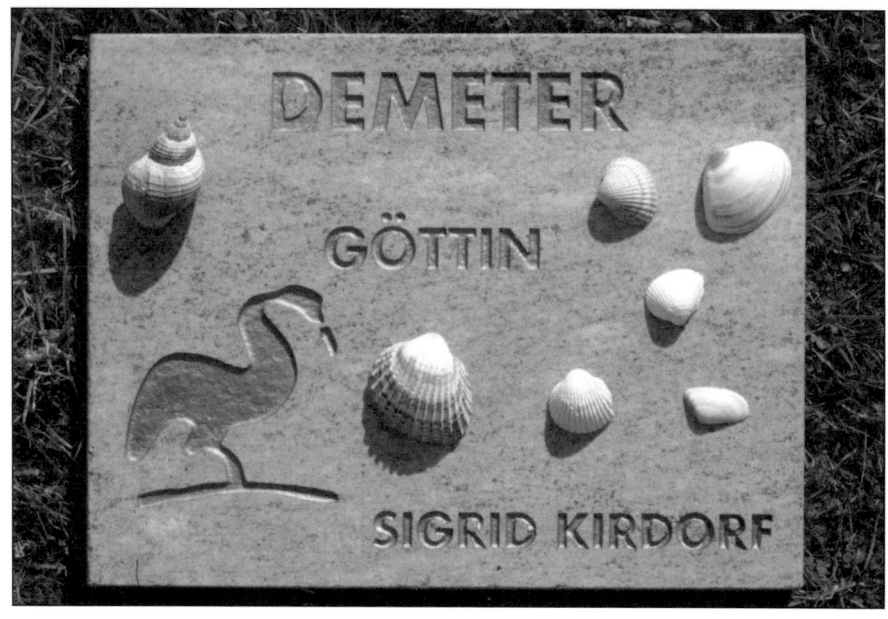

Abb. 10: Demeter-Gedenkstein im FRAUEN-GEDENK-LABYRINTH
Fotografie von Dieter Bachert (mit freundlicher Genehmigung)

Als Sympathiegabe legen Besucherinnen und Besucher des FRAUEN-GEDENK-LABYRINTHS oft eine Muschel oder Blume auf den Stein ihrer Lieblingsfrau.

Literatur

Aischylos: Die Orestie, Stuttgart 1987

Aristoteles: Politik, Stuttgart 1989

Baring, Anne/Cashford, Jules: The Myth of the Goddess, London 1991

Baumer, Franz: Der Kult der Großen Mutter, München 1993

Dietrich, Volker J.; Neue Züricher Zeitung: Die minoische Katastrophe – ein Vulkan verändert die Welt, Zürich 2000

Digitale Bibliothek: Dichtung der Antike, Berlin 2002

Encyclopaedia Britannica: International Version 1999, Sutton (GB) 1994-1999

Garnier, Dagmar von: Ausrufung des Jahrtausends der Frau, Hambacher Schloss (Pfalz) 2000

Göttner-Abendroth, Heide: Die Göttin und ihr Heros, München 1980

Hall, Nor: The Moon and the Virgin, London 1980

Hassan, Prof. Fekri: Der Untergang des Alten Ägyptischen Reiches. Archäologisches Institut der Universität London, online, London 2001

Herodot: Die Bücher der Geschichte I-IV, Stuttgart 1980

Heschel, Susannah: On Being a Jewish Feminist, New York 1983

Hesiod: Theogonie, Stuttgart 1999

Hesiod: Werke und Tage, Stuttgart 1996

Homerische Hymnen: Lob der Demeter (Übersetzung), Dornach (Schweiz) 1937

Hommel, Gisela: Erster Blick aufs Judentum/Der siebenarmige Leuchter, Wuppertal 1976

Hommel, Gisela: Frauen wie Deborah, Freiburg 1986

Irigaray, Luce: Genealogie der Geschlechter, Freiburg 1989

Jenny-Kappers, Theodora: Muttergöttin und Gottesmutter in Ephesos, Einsiedeln (Schweiz) 1986

Kerényi, Karl: Die Mythologie der Griechen, München 1966

Klein, Charlotte: Theologie und Anti-Judaismus, München 1975

Krattiger, Ursa: Die perlmutterne Mönchin, Hamburg 1983

Lexikon der Kunst, Band IV, E.A. Seimann Verlag Leipzig: Lexikon der Kunst, Leipzig 1992

Matthews, Caitlin: Die Göttin, Bielefeld 1989

Mavromataki, Maria: Mythologie und Kulte Griechenlands, Athen 1997

Meier-Seethaler, Carola: Von der göttlichen Löwin zum Wahrzeichen männlicher Macht, Zürich 1993

Monaghan, Patricia: Lexikon der Göttinnen, München 1997

Mulack, Christa: Maria. Die geheime Göttin im Christentum, Stuttgart 1985

Mulack, Christa: Die Weiblichkeit Gottes, Stuttgart 1983

Mulder, Anne-Claire: Eine wundersame Geburt? Anmerkungen zum Prolog des Johannesevangeliums; in: Schlangenbrut 5, 1996, Münster 1996

Navè Levinson, Pnina: Auge um Auge, Zahn um Zahn. Materialien zum talmudischen Judentum, 1973

Plaskow, Judith: Standing Again at Sinai, San Francisco (USA) 1991

Ploetz: Der farbige Ploetz, Freiburg 1986

Preka-Alexandri, Kalliopi: Eleusis, Athen 1996

Putzger: Historischer Weltatlas, Bielefeld 1965

Reallexikon der dt. Kunstgeschichte, Stuttgart 1937

Redmond, Layne: Frauentrommeln, München 1997

Rilke, Rainer Maria: Briefe an einen jungen Dichter, Leipzig (1902-1908)

Schaef, Anne Wilson: Weibliche Wirklichkeit, Gerlingen 1981

Schubert-Christaller, Elsa: In deinen Toren Jerusalem, Heilbronn 1967

Shinoda-Bolen, Jean: Göttinnen in jeder Frau, Basel 1986

Siegele-Wenschkewitz, Leonore: Verdrängte Vergangenheit, die uns bedrängt, München 1988

Spiegel, Paul: Was ist koscher? Jüdischer Glaube – Jüdisches Leben, München 2003

Starhawk: Das fünfte Geheimnis, Buxtehude 1993

Stein, Diane: Die Weisheit der Göttin umarmen, München 1997

Stoll, Heinrich W.: Die Götter der Griechen und Römer, Essen 1996

Uhlig, Helmut: Die Große Göttin lebt, Bergisch-Gladbach 1992

Voss, Jutta: Das Schwarzmond-Tabu, Stuttgart 1993

Wacker, Marie-Theres: In Schwesterlichkeit lernen. Feministische Aufbrüche im christlich-jüdischen Kontext, Aachen 1994

Walker, Barbara: Die geheimen Symbole der Frauen, München 1997

Walker, Barbara: Göttin ohne Gott, München 1999

Weiler, Gerda: Ich verwerfe im Lande die Kriege, München 1984

Werblowsky, R.J. Zwi; Wigoder, Geoffrey, Hrsg.: The Encyclopedia of the Jewish Religion, New York 1965

Wikipedia: Internet-Lexikon, online 2002